D1692765

knapp

Ein Buch aus der *Perlen*-Reihe.

Bänz Friedli

Es ist verboten, übers Wasser zu gehen

Mit einem Vorwort
von Büne Huber

knapp

«Don't try to change the world,
find something that you love
And do it every day
Do that for the rest of your life
And eventually, the world will change.»

Ben «Macklemore» Haggerty

In memoriam
Heidi Burkolter-Siegenthaler
1941–2017

Für Bernard Schlup,
detto «maestro»

Büne Huber

Texte wie Songs
Ein Vorwort

Ja, der Friedlibänz ist ein mit allen Wassern gewaschener Teufelskerl. Ich muss es wissen, ich verfolge sein buntes Treiben schliesslich schon seit mehr als drei Jahrzehnten.
Ich habe zugehört, wie er seinerzeit Radio machte, ich erlebte ihn im Feuilleton einer Berner Tageszeitung als Entdecker der heute weiterum beliebten und bekannten Rumpelrock- und Roll-Kapelle «Patent Ochsner» – wobei man sich fragen darf, ob man einen bellenden Hund überhaupt entdecken kann, doch er schrieb immerhin den allerersten grossen Artikel über uns und sagte den Erfolg voraus, der dann eintrat –, ich habe seine Freuden und Leiden als Pendler und als desperater Hausmann mitverfolgt, sah ihn auf grosser und kleiner Bühne, hörte ihn in Beizen schmeicheln und donnerwettern und bin im Laufe der Jahre zur Ansicht gekommen, dass er neben alledem vor allem eines ist: der mit Abstand beste nichtpraktizierende Singer-Songwriter unseres Landes. Seine wöchentlichen Kolumnen im «Migros-Magazin» sind aus dem Leben gegriffene, vom prallen Leben geformte Songs, die in mir oft tagelang nachhallen. Ich reisse die Texte jeweils aus der Zeitung, befestige

sie mit Klebestreifen am Küchenfenster, hänge beim Rühren in den Töpfen des Friedlibänzens Gedanken nach und spinne sie zwischen Waadtländer Saucisson, Speck, Lauch und Kartoffeln nach Lust und Laune weiter.

Ja, der Bänz ist einer, der sich berühren lässt und mich deshalb so berührt. Er schreibt mit bestechend klarem Blick, sperrangelweitoffenem Herzen und grossem Feingefühl kluge Geschichten über dieses Land und dessen Bewohner. Über Meier, Müller, Moser, König und Knecht, über Schmal- und Breitspurige, und wenn er vom Hundsgewöhnlichen spricht, erkennt man darin plötzlich das Aussergewöhnliche.

Seine Songs sind höchst inspirierende grüne Inseln in der nasskalten und grauen Helvetik, die mich mitunter ganz schön zunderobsi bringen kann. Sie stimmen mich nachdenklich, bringen mich zum Lachen und sind manchmal so unglaublich zart, dass sie mich sogar, wie das neulich geschah, in der Küche zum Weinen bringen.

Seine Worte sind tröstlich und zeitlos, sind aufwühlend und überraschend und haben seltsamerweise immer mit meinem eigenen Leben zu tun. Das schaffen weiss Gott nur die ganz grossen Songs. (Und ich weiss im Fall genau, wovon ich spreche.)

Ich kenne hierzulande niemanden, der den Mahnfinger so wunderbar selbstironisch, freundlich und versöhnlich erheben kann wie er. Und würd mir sehnlichst wünschen, es gäbe mehr Frauen und

Männer seines Schlages, die der stetig wachsenden Horde an halbschlauen Wutbürgern und dumpfbackigen Polterern mit Herz, Hand und einer gehörigen Portion Sachverstand entgegenträten.
Friedlibänz for Bundespräsident! Oder for Papst oder for whatever! Ich bin allein seinetwegen Migros-Genossenschafter geworden.

Büne Huber, Januar 2018

Sommer in Seattle

«Water for soccer, water for soccer!», ruft der kleine Bub mit dem asiatischen Gesicht und dem nordamerikanischen Akzent den Vorbeiflanierenden zu, ein ums andere Mal. Er hat es sich auch auf ein Stück Pappe gekrakelt und dieses am Geländer der Uferpromenade festgezurrt: «Water for soccer, 1$». Niemand hier ist in Eile, dennoch bleiben nur wenige stehen. Will ihm dann doch jemand Wasser abkaufen, zieht er aus einer offenen Kühlbox eine PET-Flasche, reicht sie dem Käufer und nimmt mit kaum merklichem Nicken den Dollarschein entgegen. In Seattle wars, an einem herbstlichen Sommertag – warm, aber nicht heiss. Die nahen Wolkenkratzer warfen harte Schatten, hoch am Himmel standen verschwindende Wolkenspuren wie Schlieren an ungeputzten Scheiben. Fern ragten Hafenkräne auf, gleich einem Schwarm gieriger Vögel.

Blasses Sonnenlicht bescheint die Planken einer Plattform, die in die Meeresbucht hinausragt. Darauf hocken Jugendliche im Schneidersitz, eine Alte liest blinzelnd die «Seattle Times» und muss sie festhalten, damit die auflandige Brise sie ihr nicht aus der Hand wischt. Touristen spazieren zum Vergnügungspark am Pier, heimische Jugendliche rollen auf Longboards vorbei. «Water for soccer!», ruft der Kleine ihnen zu und hebt eine seiner Flaschen in die Höhe. Ob er zu Hause leere PET-Flaschen am Hahn abgefüllt hat oder ob die Fläschchen tatsächlich das Mineralwasser enthalten, das die Etikette verspricht, spielt keine Rolle. Der kleine Kerl ist rührend.

«Water for soccer!» Wasser für Fussball? Was es mit der Losung auf sich habe, frage ich. Er sammle für seine Schwester. Die möchte ein Fussballlager besuchen, ein «soccer camp», und ihr fehle das Geld dazu. Ob er denn selber nicht auch gern in das Lager fahren würde, will ich wissen. «Doch, schon. Aber jetzt sammle ich für meine Schwester», sagt er ernst. Sie spielen beide bei Seattle United. Ihm ist egal, dass Fussball hier in den USA nicht den grössten Stellenwert hat. Er mag das Spiel. «Water for soccer!», ruft er einem vorbeigehenden Paar zu und blickt mich dann mit seinen schmalen, dunklen Augen von unten herauf an. Durst habe ich keinen. Aber ich drücke ihm zehn Dollar in die Hand und wünsche «Good luck!». Wie ein Refrain dringt der Ruf im Weitergehen noch viele Male ans Ohr: «Water for soccer!» Bis er schliesslich nicht mehr zu hören ist. Und man wünscht dem Buben, er möge eine grosse Karriere machen und, viel wichtiger noch, er möge den Spass am Sport nicht verlieren.

Und vielleicht macht ja seine Schwester die grosse Karriere?

Verweile doch, o Augenblick!

Wie lange mag das zurückliegen? Zehn Jahre, fünfzehn? Ich weiss nur noch, dass es ein unbeschreiblicher Glücksmoment war. Die springen einen ja meist unverhofft an. Und fragen Sie mich nicht, weshalb er mir mitten im Sommer wieder in den Sinn kommt: Auf der Piste erlebte ich diesen Schauer des plötzlichen, unerklärlichen Glücks, des Ganz-im-Augenblick-Seins: Ich kurvte mutterseelenallein auf meinen Skiern talwärts, hörte mittels Ohrstöpseln den Song «Anything» von Martina Topley-Bird, einen sphärischen, verträumt-verführerischen Song, ich bog gerade von der roten auf die schwarze Piste ab, nahm das kurze Waldstück in Angriff, das Wetter war gar nicht besonders gut – und doch war alles perfekt. Ich könnte noch genau sagen, wo es war ...

Aber wiederholen lässt sich der Moment nicht. Wie auch? Die Jahre sind vergangen, ich bin nicht mehr der, der ich war. Skifahren macht mir schon länger keinen Spass mehr, viel lieber snowboarde ich. Die Musik jener britischen Sängerin steht für eine andere, vergangene Zeit und begeistert mich nicht mehr wie ehedem; ohnehin fahre ich nicht mehr mit Kopfhörern. Und mag es stattdessen, das Geräusch des Bretts auf dem Schnee zu hören, ein Kratzen bald, bald ein Sirren, ein Krachen bald, dann ein leises Walzen. Ich mag es, diesen Geräuschen zuzuhören, dem Wind und – der Stille.

Wann hat es Sie zuletzt gestreift, das kleine, stille, alltägliche Glück, das wohl das wahre Glück ist? Wann sassen Sie zuletzt so selig schmunzelnd im Tram, dass die Leute vermutlich dachten, Sie hätten sie nicht mehr alle? Unversehens überkommt einen dieses Gefühl, und man möchte es festhalten. Hat nicht Goethe gedichtet: «Verweile doch, o Augenblick, du bist so schön»?

Hat er nicht, nein. Auch wenn es oft zitiert wird. In Wahrheit liess Goethe seinen Faust just das Gegenteil sagen: «Werd ich zum Augenblicke sagen: Verweile doch! Du bist so schön! Dann magst du mich in Fesseln schlagen, dann will ich gern zugrunde gehn!» Und zwar sagte er es zu Mephisto, dem Teufel: Wenn du mich dabei ertappst, dass ich zaudere und innehalten will, dann und erst dann darfst du mich ins Verderben mitnehmen. Denn man kann sie nicht festhalten, die schönen Augenblicke. Auch nicht wiederholen.

Aber behalten kann man sie. Am besten, glaube ich, indem man sie für sich behält. Denn vielleicht verrät man sie schon, wenn man sie beschreibt. Deshalb werde ich Ihnen nicht verraten, weshalb ich vorige Woche – zu meiner eigenen Überraschung ausgerechnet auf der Basler Sportanlage Rankhof – dieses Gefühl von absoluter ...

Gefühlsmelodien

Dass ich auf dem Parkplatz einer Sportanlage in Greifensee war, als «Éblouie par la nuit», der Song der französischen Sängerin Zaz, mich zum ersten Mal ansprang, sich über mich hermachte und mich verschlang – das zum Beispiel werde ich nie vergessen. Wann immer das Lied mir wieder zu Ohren kommen sollte... Eine Frau, die um die Liebe ihres Lebens singt, eine Stimme voller Verzweiflung, voller Hingabe – für mich fortan gekoppelt an den düstergrau verhangenen Himmel über Greifensee und meine nackten Füsse in feuchtem Sportplatzgras.
Sie kennen bestimmt den Vorgang. Wie wir uns Jahre später an die dazugehörigen Regungen erinnern, wenn eine bestimmte Musik erklingt. Wie eine Gefühlslage, die man längst überwunden, ja vergessen glaubte, gleichsam wieder angeknipst wird und dann – ob bittersüss, ob übermütig – plötzlich wieder ganz gegenwärtig ist.
Manchmal wünschte man sich, es wäre anders. Aber ein Lied von Gianna Nannini, «Terra straniera», bleibt für mich mit einer Küstenstrasse in Südfrankreich verbunden, die sich zwischen Cavalaire-sur-Mer und La Croix-Valmer auf einer Klippe an den Fels schmiegt, sogar mit einer bestimmten Kurve. Genau in dieser Biegung muss sich mir «Terra straniera» eingebrannt haben, von einer Tonbandkassette abgespielt, 1988. Kurve und Lied waren von da an unzertrennlich.

Hörte ich später das Lied, schien die Kurve vor meinem Auge auf. Und einmal, Jahrzehnte später, fuhr ich wieder an genau jener Stelle vorbei, nichts ahnend, doch in besagter Kurve war das Canzone auf einmal wieder da: «Terra straniera», das so sphärisch beginnt und so stürmisch endet und das von einer unbestimmten Traurigkeit durchströmt ist – für mich jedenfalls, in der Erinnerung, denn mit dem Lied ist immer auch die Gefühlslage wieder da. Ob das Lied wirklich traurig ist oder ob nur ich es war, als ich vor neunundzwanzig Jahren mit dem roten Renault 5 Richtung La Croix-Valmer unterwegs war – ich weiss es nicht. Lied und Kurve sind eins. Just so, wie mein Vater stets an Weihnachten lebendig wird an der bestimmten Stelle eines bestimmten Liedes, weil er Jahr für Jahr denselben Scherz machte. Gottes Sohn, sagte er, heisse Owi: «Gottes Sohn, o wie lacht…»
Im Altersheim, liess ich mir sagen, könne das Abspielen bestimmter Lieder ein seliges Lächeln auf das Gesicht von Menschen zaubern, die sonst alles vergessen haben… In der Melodie erinnern sie sich. An erlebte Gefühle, an Augenblicke. Vielleicht höre ich dereinst «Éblouie par la nuit», und mir, dem greisen Mann, wird warm ums Herz. Weil es mich an Lebendigkeit erinnert und an feuchtes Sportplatzgras.

Es ist verboten, übers Wasser zu gehen

«Es ist untersagt, zum Lüften die Fenster zu öffnen.» Der Satz will mir nicht aus dem Kopf, wobei ich mir nicht mehr ganz sicher bin, wo ich das Schild gesehen habe. Mir ist, es sei in Villmergen gewesen, im Aargau. Oder sonst in einem Mehrzweckgebäude, einem Kirchgemeindehaus, einer Schul- und Sportanlage irgendwo im Land.

Nicht nur absurd, sondern bezeichnend, dieses Verbot, mögen Sie denken – eine Metapher gleichsam für den Kleingeist, die Enge des Landes, fürs Gefangensein, den Mangel an Ausblick, an frischer Luft. Doch wir sind mit solch stupiden Vorschriften nicht allein. Der Tod sei «keinesfalls als dauernde Berufsunfähigkeit anzusehen», teilte etwa Deutschlands Bundesfinanzministerium im «Bundessteuerblatt» offiziell mit. Und Mecklenburg-Vorpommern hat ein Landesseilbahngesetz, weil gemäss einer Richtlinie der EU täglich eine Busse von bis zu 791 000 Euro gedroht hätte, wäre es nicht erlassen worden. Nur: Es gibt im ganzen Bundesland keine einzige Seilbahn.

Und dann natürlich die Amis! Im US-Staat Washington ist es unter allen Umständen verboten, mit einer Jungfrau Sex zu haben, Hochzeitsnacht inklusive. In Italien? Besagt ein Warnschild am Lago di Bracciano, es sei absolut verboten, «auf der Wasseroberfläche zu gehen». Wenn das Jesus wüsste! Die Engländer sind auch nicht besser: Briefmarken mit dem Antlitz der

Königin verkehrt auf ein Couvert zu kleben – also so, dass Ihro Majestät auf dem Kopf steht –, wird als Landesverrat geahndet. Und weil der Westminster-Palast in London, wo heute das Parlament tagt, einst königliche Residenz war, steht noch immer jedem, der dort verstirbt, ein Staatsbegräbnis zu. Im Prinzip. Allerdings ist es streng verboten, im Westminster-Palast zu sterben. Zuwiderhandelnde – Sie! Das kam schon vor – werden husch, husch aus dem Gebäude geschafft, bevor die Sterbeurkunde ausgestellt werden darf. O ja, sie spinnen, die Engländer.

Nur eben: Wir sind nicht besser. Der Kanton Zürich bestrafte einen Hobbyfischer, der einen gefangenen Hecht wieder in den Greifensee und also in die Freiheit entlassen hatte – Verstoss gegen die Tierschutzverordnung.

Und ein Haushaltratgeber glänzte unlängst mit dem Tipp: «Tränende Augen beim Schneiden von Zwiebeln kann man vermeiden, indem man statt der Zwiebel eine Kohlrabi verwendet.»

Da kommen mir zwar die Tränen vor Lachen. Aber ich weiss noch immer nicht, wie besagte Villmergener Anlage gelüftet wird. Ich hoffe bloss, es geschehe sonst irgendwie, auch wenn das Öffnen der Fenster zu diesem Behuf verboten ist. Fragen Sie mich nur nicht, wie!

Schäkern mit dem Ebenbild

Liebe junge Frau, die du am Openair St. Gallen in deiner gelben Pelerine neben mir in der Menge gestanden hast. Ich war der ältere Herr, der bei «Eisgekühlter Bommerlunder» trotz Kälte und Nässe so abgegangen ist – es ist dir vielleicht aufgefallen? Nein, ist es dir vermutlich nicht. Du hattest kaum Augen für deine Umgebung. Du warst andauernd mit deinem Smartphone beschäftigt, du hattest – und das ist, was mich im Eigentlichen irritierte – nur Augen für dich selbst. Als du beim vierten Song zum siebzehnten Mal dein Handy gezückt hast, habe ich aufgehört zu zählen.

Du musstest, soweit ich das mitbekommen habe, der Kati antworten und der Rahel ein Kuss-Smiley senden; die Jessy hat dir beständig Faxen geschickt; du musstest hier eine Snapchat-Story abrufen, da dein Instagram-Profil bespielen, dort deinen Facebook-Account auffrischen, du warst unablässig auf Sendung. Und was mich am meisten befremdete: Du hast nicht einmal Ausschnitte aus dem Konzert gepostet, sondern hieltest das Handy immer im Selfie-Modus auf dich selbst gerichtet, hast Grimassen geschnitten, Schmollmündchen gemacht, hast dein Ebenbild geküsst und mit ihm geschäkert und die Resultate hinausgeschickt: in den digitalen Bekanntenkreis, der dir die Welt bedeutet. Sie wussten also alle, dass du gerade am Konzert der Toten Hosen warst, und du wusstest, falls du den Überblick behalten hast, wo die Jessy, die Rahel und die Kati gerade waren.

Nun bin ich weiss Gott nicht einer, der die neuen Kommunikationsmöglichkeiten verteufeln würde. Mir gefällt es, dass ich sonntagmorgens auf Instagram nachschauen kann, ob meine Lieblingsfussballerin in der Nacht davor getroffen hat, und dass ich ihr Tor, falls sie getroffen hat, auch gleich bewundern kann. Ich unterhalte einen regen Chat mit meinen eigenen Fussballkameraden, lasse mich gern über Herrn Trumps jüngsten Fauxpas informieren und mag es, dass das Neueste aus Wimbledon verlässlich auf meinem Handy aufblinkt. Und auch ich habe meinen beiden Neffen, die ausnahmsweise nicht dabei sein konnten, aus dem Sittertobel einen Schnappschuss ihrer Lieblingsband samt launigem Kommentar geschickt.

Aber manchmal muss man erleben, statt nur live von einem angeblichen Erlebnis zu berichten. Zum Beispiel, wenn die Toten Hosen bei strömendem Regen einen denkwürdigen Auftritt haben.

Als die Band nach zweieinviertel Stunden von der Bühne ging, schautest du verdutzt vom Display auf und fragtest deinen Freund: «Scho Pausä?» Du warst zwar da, aber: Du hast ein tolles Konzert verpasst.

Niedergeschlagen, ich?

Warum ich immer so deprimiert sei, fragt die Ärztin eins ums andere Mal. Sie ist Chinesin, ausgebildet in chinesischer Medizin, und ich liege bäuchlings in Unterhosen auf ihrem Schragen. Eh, ja, ich bin nun in einem Alter, da man solches ausprobiert: Tui-Na-Massage, Akupunktur, Schröpfen ... Und sie fragt es schon wieder in ihrem eigentümlichen, verbenfreien Chinenglisch: «Why you always depressed?», verstehe ich erneut und versuche, ebenfalls englisch radebrechend, zu erklären, ich sei doch gar nicht niedergeschlagen. Da wird sie fast ein wenig wütend. O doch, befindet sie: «You always depressed!», und fingert weiter an meinem Rücken herum. «I'm not.» – «Yes! You very, very depressed», insistiert sie. Und erst, als sie fragt: «Why you always take deep breath?», begreife ich das Missverständnis; Frau Doktor wollte wissen, weshalb ich immer so tief ein- und ausatmen würde. Und ich hatte gemeint, das müsse man bei solchen Behandlungen: tief durchatmen ...

Nebenbei (und im Preis inbegriffen) erteilt sie jeweils eine Lektion in Philosophie. Und vielleicht werden ihre Sentenzen durch die mangelnde Sprachgewandtheit umso deutlicher: Sie fasst sie in einfache, klare Worte. «We don't need, we want», umschrieb sie unlängst unsere Konsumgesellschaft. Sprich: Wir lebten in Wohlstand, hätten alles, seien verwöhnt und bräuchten nichts – dennoch seien wir unzufrieden, wollten wir immer mehr und noch mehr. We don't need, we want: Welch Urteil über die westliche Welt! Und als hätte sie mich ermahnen wollen, sagte sie, während sie die vielen feinen Nadeln aus meiner Haut zog, abermals: «Think of what you have. You are happy.» Ich solle glücklich sein mit dem, was ich hätte. Recht hat sie.

Zu ihren Methoden gehört, dass ich ihr die Zunge rausstrecken muss. Davon liest sie den Stand meiner Fitness ab. Ihr missfällt dann, was sie sieht, und sie will wissen, wie viel ich schlafe. Ich lüge: «Acht, neun Stunden», denn ich will keinen Rüffel einfangen und werde ihr sicher nicht verraten, dass ich meist zu viel weniger Schlaf komme. «How much?», fragt sie fassungslos nach. «Eight, maybe nine hours», lüge ich erneut. Da kommts: «Viel zu lang!», schimpft sie, und sie schimpft von unten herauf, denn sie ist winzig. Aber resolut ist sie! «Viel zu lang! In Ihrem Alter genügen sechs Stunden.» Hat sie doch tatsächlich «in Ihrem Alter» zu mir gesagt, die freche junge Ärztin! Beim Hinausgehen lese ich auf einer Hinweistafel, sie habe neunundzwanzig Jahre Berufserfahrung, und ich beginne zu rechnen. Sie muss wesentlich älter sein als ich. Nur: Man sieht es ihr nicht an.

Die Guten und die Bösen

Himmel, wo war ich bloss, im Sommer 1977? Am 16. August starb Elvis, der King of Rock'n'Roll. Monate zuvor war «Star Wars» in die amerikanischen Kinos gekommen, der erste Teil einer Saga, der heute als «Episode IV» bekannt ist... Dass Teil eins nun Teil vier ist, weiss heutzutage jedes Kind! An mir aber, dem verträumten Bub vom Land, der mit seinem roten Cilo-Halbrenner über Feldwege fuhr, ist damals beides vorbeigegangen: das Ende des King und der Beginn von «Star Wars».

Dabei wurde Elvis zwanzig Jahre später das Grösste für mich. Und längst habe ich mir – meinem Sohn sei Dank – alle sechs Folgen von «Star Wars» angesehen. Ein grandioses Märchen, oft rührend altmodisch in der technischen Machart. All die Schlachten in den Weiten des Alls, stets die gute gegen die dunkle Seite, jeder Bösewicht liebevoll gezeichnet – da wurden Filmtricks noch richtig inszeniert, statt dass sie am Computer simuliert worden wären. Eine Parabel auf Machtwahn und Widerstand ists, ein Plädoyer für Gerechtigkeit und Demokratie. Freilich wird auch einsames Heldentum gefeiert, und die Filme sind voller Verweise auf alte Mythen, von Odysseus bis Moses, von der Bibel bis zum «Ring der Nibelungen». Zudem lenken buddhistische Weisheiten das Geschehen, und wer die Worte des alten Ritters Yoda hört, könnte meinen, er kommentiere die aktuelle Flüchtlings-

debatte unseres Landes: «Furcht ist der Pfad zur dunklen Seite: Furcht führt zu Wut, Wut führt zu Hass, Hass führt zu unsäglichem Leid.»
Kein Film, keine TV-Serie, die heute nicht aus «Star Wars» zitieren würde: hier ein Spruch, da eine Kameraeinstellung, dort eine Geste ... Nichts hat die Populärkultur so geprägt wie «Star Wars». Nichts ausser Elvis. Und nun erhält, was abgeschlossen schien, eine Fortsetzung. Der Unterhaltungskonzern Disney hat die Rechte erworben und tut vorerst, was er am besten kann: Fanartikel verkaufen. Früher musste ich oft mühsam fahnden, um meinen Sohn mit einem «Star Wars»-Figürchen überraschen zu können. Nun sind sie überall zu finden: in Packungen mit Frühstücksflocken, auf Shirts und in hundert Lego-Schachteln, als Baumschmuck, Schlüsselanhänger, Fasnachtsmaske. Die Vermarktung eilt dem Film voraus. Doch keiner meiner erwachsenen Freunde, die sich «Star Wars» verschrieben haben, schreit: Verwässerung! Ausverkauf! Verrat!
Nein, sie gieren im Internet seit Monaten nach Angaben über die angebliche Handlung, nach ersten Filmschnipseln. Weil «Star Wars» ihnen erlaubt, noch einmal verträumte Buben zu sein.
Und allmählich fiebere sogar ich dem Kinostart des siebten Teils, «The Force Awakens», entgegen.

Oder entweder?

Über Jahrzehnte schwor ich aufs Rüstmesser. Ob Rüebli, Äpfel oder Sellerie – damit liesse sich, war ich mir sicher, jegliches Obst und Gemüse rascher rüsten als mit dem Sparschäler. Um es zu beweisen, veranstaltete ich sogar Wettrüsten mit meiner Frau, die eher dem Sparschäler zuneigt. Doch seit einigen Wochen beobachte ich mich, wie ich immer öfter zum urhelvetischen Sparschäler greife. Unversehens hat sich das Entweder-oder, an dem ich lange Zeit stur festhielt, verflüchtigt.

Die Welt ist voller Entweder-oder. «Jack or Jim» wird unter Rockmusikern zur Glaubensfrage stilisiert: Entweder man mag den Bourbon «Jack Daniel's» oder man mag «Jim Beam». Keith Richards sagt «Jack!», Kid Rock sagt «Jim!». In Wahrheit werden beide Whiskeys aus Roggen, Gerste und Mais gebrannt, der eine in Tennessee, der andere in Kentucky, und mir schmecken alle beide. Man darf es mit beiden bloss nicht übertreiben.

«Stones oder Beatles», wird gern behauptet, habe einst die Entscheidung gelautet. Falsch, sagt Hanspeter, mein Sixties-Gewährsmann, der dabei war und sich trotzdem noch daran erinnert: «Alle waren von den Beatles begeistert, und die Stones wurden erst richtig gut, als die Beatles sich schon aufgelöst hatten.» Zum Beweis zeigt er mir das Video eines Konzerts, an dem 1965 beide Bands auftraten: Die Beatles prickeln vor

Spielfreude, die Rolling Stones wirken fade. Mag sein, dass manche sich später an den Beatles sattgehört hatten, aber in der Jugend habe es dieses Entweder-oder nicht gegeben. Wie es in meiner Jugend, ehrlich gesagt, in Bern die vielzitierte Frage «Patent Ochsner oder Züri West» gar nicht gab. Es gab vielmehr Lebensphasen – mal war man frisch verliebt und wollte wie Büne Huber die ganze Welt scharlachrot anpinseln, mal fröstelte man mit Kuno Lauener kummerig in einer ungeheizten Wohnung.

Schnee oder Sommerhitze? Ist doch beides gut! Hauptsache, ein Brett unter den Füssen. Okay, ein Zürcher muss sich zwischen FCZ und GC entscheiden, ein Madrilene zwischen Atlético und Real. Aber es gibt viel weniger Entweder-oder-Momente, als wir denken. Bestimmt hätte man im Leben oft anders entscheiden können, es wäre auch herausgekommen. Vielleicht ebenso gut, halt anders gut.

Letzte Woche allerdings, auf einem Flohmarkt in Genf, war ich uneins mit mir selbst, ob ich eine Rarität von Elvis erwerben sollte: eine LP in pinkfarbenem Vinyl. «Dann steht sie daheim wieder nur rum», raunte ich. Darauf mein Sohn: «Aber, Vati, das tun doch all deine anderen Platten auch!»

Schon hatte er mich vom Kauf überzeugt.

Ein König in 3-D

Eine meiner liebsten Geschichten über Elvis Presley ist diejenige, wonach ... Wie bitte? Ich solle nicht schon wieder vom King anfangen? Aber hören Sie mal, es ist doch schon eine Ewigkeit her, seit wir es zuletzt von ihm hatten; mindestens drei Wochen. Und die hier hab ich noch nie erzählt, Ehrenwort! Also, eine meiner liebsten Elvis-Anekdoten geht so, dass der King hungrig war ...

Doch in jener Nacht mochte er nicht mehr ins «Gridiron» fahren, sein Stammlokal am Highway 51. Also ging er einfach zu Fuss die Strasse runter in den nächstbesten Imbiss, er mit seiner Haartolle, der Pilotenbrille, womöglich gar noch im strassbesetzten Jackett, weil er eben erst von einem Auftritt heimgekehrt war, und orderte einen Cheeseburger mit vier Käsescheiben, Tomaten, reichlich Speck und einer Prise Knoblauchsalz. Als er auch noch zu erklären anhob, wie er das Brötchen gern hätte, nämlich in heisser Butter geröstet und hernach mit Erdnussbutter bestrichen, wurde der Wirt fuchsteufelswild. «Wie ich euch Typen hasse!», schrie er Presley an, «schert euch zum Teufel und lasst den armen Elvis endlich in Ruhe!» Alles Protestieren half nichts, Presley und seine Begleiter wurden mit Schimpf aus dem Lokal gejagt. Denn der arme Kerl von Wirt, ein glühender Verehrer Elvis', war schon so oft von falschen Elvissen heimgesucht worden – von Pilgern und Nachahmern, die hier, in unmittelbarer Nähe zur Graceland-Villa des King, als Elvis verkleidet lungerten und sich in der schäbigen 24-Stunden-Kneipe verpflegen wollten –, dass er nicht wahrhaben mochte, diesmal den wahren King of Rock 'n' Roll vor sich zu haben. Er wollte sein Idol beschützen und jagte es zum Teufel.

Weiss eigentlich gar nicht, weshalb ich das erzähle. Vielleicht, um daran zu erinnern, dass die Dinge manchmal nicht so sind, wie wir vermuten. Der kleine Bub fällt mir ein, der letzthin in der Weihnachts-Aufführung im Stadttheater, sobald sich der Vorhang hob, begeistert zu seinem Vater sagte: «Wow, das ist ja in 3-D!» Und überhaupt sollten wir bei all den Unbilden der Zeit nicht vergessen, unser kleines Glück wahrzunehmen, wenn es uns denn begegnet. «Irgendeinisch fingt ds Glück eim», sangen Züri West. Mag sein, aber man muss es dann auch noch zu begreifen wissen.

Und wen hat Superstar Adele von der Spitze der britischen Hitparade verdrängt? Ihn, Elvis Presley. Den echten. Immerhin achtunddreissig Jahre nach seinem Tod stand er in England soeben für mehrere Wochen auf Rang eins der Charts. Das Album «If I Can Dream» enthält des Kings Stimme, neu untermalt vom Royal Philharmonic Orchestra. Ein bisschen sülzig, stellenweise, aber wunderbar gesungen. Denn: Niemand übertrifft das Original.

Einfach mal ausspannen

Ein paar Tage Ruhe suchte ich, wollte lesen, nachdenken, Waldläufe machen. Und die Seesicht aus dem Hotelzimmer war prächtig. Im Zimmer neben mir, östlich, waren zwei Fussballprofis eines luxemburgischen Vereins untergebracht, offenbar im Trainingslager. Auf der westlichen Seite das ungleiche Ehepaar. Sie auffallend braungebrannt, er älter. Um nicht zu sagen: viel, viel älter als sie. Kahlkopf, Seglerkleidung der Sorte teuer, aber geschmacklos. Schliesslich über mir: drei Girls auf Ferienreise. Dies die Ausgangslage. Und vielleicht sollte ich noch erwähnen, dass das Hotel dünnwandig war.

Beginnen wir mit den Fussballern. Beide Westafrikaner, französischsprachig, fromme Muslime. Sie beteten mehrmals täglich gen Mekka. Und ich will den jungen Männern ja nichts unterstellen, aber ob das nun noch gebetet war oder ob, was sie skandierten, bereits politische Parolen waren – man möchte es lieber nicht wissen. Jedenfalls taten sie es: laut. Danach liessen sie Rap laufen, lauten Rap, und rappten noch lauter mit. Die jungen Frauen im oberen Stock? Zeigten sich zwar gern in Sportkleidern in der Lobby, steuerten jedoch stets stracks die Bar an, wo sie bis spätabends sitzen blieben. Ihr Sport: Kampftrinken. Ich hätte es freilich befürwortet, sie wären noch länger an der Bar verweilt, dann hätte ich wenigstens ein bisschen schlafen können. Denn sobald sie wieder im Zimmer waren, giggelten, quasselten und kreischten sie wild durcheinander, liessen dazu die halbe Nacht irgendwelche TV-Sender laufen. Und kaum hatten sie endlich Ruhe gegeben, begann bestimmt nebenan einer der Fussballrapper schon mit dem Frühgebet. Der andere, deutlich hörbar, schnarchte noch. Da fiel es geräuschlich auch nicht weiter ins Gewicht, dass direkt unter mir ein Casserolier in Frühschicht in der Küche herumkesselte. Aber vergessen wir das Ehepaar nicht! Ungleich, wie gesagt. Bei ihnen, im Nebenzimmer Richtung Westen, nahezu rund um die Uhr ein rhythmisches Schnauben, Knurren und Brummen seinerseits, das ich nicht auf Anhieb zu deuten wusste. Nicht wirklich Laute der Lust, mehr des Bemühens und der zunehmenden Verzweiflung. Von ihr zwischendurch ein beschwichtigendes Japsen: «It's okay, baby», das klang wie «Lass gut sein, es muss ja nicht jedes Mal…» Er aber bemühte sich geräuschvoll weiter. Die Details gehen mich nichts an, ich fragte mich einzig, warum man das eigentlich «miteinander schlafen» nennt, wenn dabei solcher Lärm entsteht?

Doch, doch! Ich habe mich prächtig erholt. Aber erst, nachdem ich morgens um halb drei, im Pyjama, an die Réception geschritten war und dem Nachtportier klargemacht hatte, ich bräuchte umgehend ein anderes Zimmer. Es hatte keine Seesicht. Aber das war mir so was von egal.

Im Brockenhaus des Lebens

Unversehens pfeife ich mit, es ist mir anfänglich gar nicht bewusst. Erst, als ein Wildfremder mit Schirmmütze pfeifend einfällt und auch meine Liebste mitzusummen beginnt, merke ich: Wir alle sind im Bann von Joe Dassin. Von irgendwoher – Lautsprecher sind keine zu sehen – erklingt sein «Salut». Ein Klavier, ein Pfeifen, schliesslich die Worte: «Salut, c'est encore moi. Salut, comment tu vas?» Wir sind en famille im Brockenhaus und bestaunen alte Stehlampen, Vitrinen voller Kristallgläser, Fünfzigerjahrestühle und Salontischlein. Und dann plötzlich dieser Dassin, in bester Tonqualität, glasklar! Das Chanson springt mich an, als wärs gestern gewesen, dass ich als Schüler diese LP kaufte, aber es war vor neununddreissig Jahren. Wie unbeschadet doch Melodien in unserem Kopf die Zeit überstehen, derweil man sich partout nicht erinnern kann, was man gestern zum Abendessen gekocht hat! Ganze Strophen sind noch da: «Le temps m'a paru très long, loin de la maison...» Und erst jetzt, da ich auch noch laut mitsinge, scheint es unseren Kindern allmählich peinlich zu sein. Auf der Ablage eines getünchten Buffetschranks entdecke ich dann den Plattenspieler, der das ganze Brockenhaus beschallt, daneben die LP-Hülle mit dem ewig jungen Dassin. «... J'ai pensé à toi...»

Am selben Nachmittag noch sticht mir ins Auge, wie ein Telekommunikationsanbieter sein Glasfasernetz bewirbt: «Während Sie Ihren Lieblingssong hören, könnten Sie 300 Alben in Ihrem Online Store runterladen», steht da, daneben ist ein Riesenstapel Langspielplatten abgebildet. Diese Werbung ist ein grosses Missverständnis. Der hurtige Slogan unterschlägt, dass LP-Grafiken Kunstwerke sind, die man in Händen halten muss. Die wollen für Geschwindigkeit und Kapazität ihres Netzes werben, gut und recht. Aber dies ausgerechnet mit einer Beige LPs zu veranschaulichen – deren Hüllen zwar angejahrt sind, aber das tut dem Klang keinen Abbruch, er übertrifft ein digitales File um Längen –, setzt zwei Dinge gleich, die nicht dasselbe sind: Das rasche Beschaffen von Daten liefert noch lange nicht die Geschichten mit, die Erinnerungen und Gerüche, die Wachsflecken und Rotweinringe auf der Kartonhülle, die von jener einen Nacht künden … Und das zerknitterte Textblatt von damals, als du im Schneidersitz am Stubenboden sassest und Joe Dassins Lieder auswendig lerntest: «Il était une fois quelqu'un …» All dies lässt sich nicht binnen Sekunden «runterladen».

Im Brockenhaus entschied sich unsere Siebzehnjährige übrigens für einen uralten Holztisch mit Schrammen und Kratzern, einen, der schon reichlich gelebt hat. Für ihr eigenes Zimmer. Soll noch jemand sagen, die jungen Leute hätten keinen Sinn für Echtheit mehr.

Durch die Blume

Darf man einer Floristin Blumen schenken? Die Frage stellte sich mir, als ich, ehe ich meine Frau kennenlernte, einst in eine Blumenfrau vernarrt war. Wie hätte ich ihre Aufmerksamkeit wecken, ihr meine Verehrung erweisen sollen? Und eigentlich war es ja gar keine Frage, denn eine rote Rose konnte es nicht sein. Einer Floristin, das war klar, schenkt man keine Blumen; die hat sie ja den ganzen Tag um sich herum. «Hättest du es doch getan!», platzt die Fachfrau heraus, der ich Jahrzehnte später vom damaligen Dilemma erzähle. Sie führt einen Blumenladen, ich hab sie an einem Fest kennengelernt. «Die hätte sich bestimmt gefreut!», bekräftigt sie. Ungläubig hake ich nach. Und sie erklärt mir, dass eine Frau, die immerzu mit Blumen arbeitet und Blumen demnach mag, auch gern mal welche bekäme. Täglich habe sie kaufwillige verliebte Spunde in ihrem Geschäft, charmante Seniorinnen, täglich müsse sie mehrfach zuschauen, wie anderen die Geste des Blumenschenkens widerfahre – nur ihr nie.

Das hat was. Es hiesse: Doch, doch, man soll einem Buchhändler Bücher schenken, eine Fleischfachfrau mit Räucherwurst beglücken, einen Vinothekar mit einer guten Flasche. Denn privat sind diese Menschen offenbar ganz privat. Sogar für Ärzte gilt das. Als ich mich mal beim Kinderarzt entschuldigte, dass wir mit unseren Kleinen wegen jedem Pfnüsel hochbesorgt und zu Unzeiten angerannt kämen, erwiderte er: «Sie glauben gar nicht, wie oft ich des Nachts mit unseren Kindern in den Notfall gerast bin! Wegen Nichtigkeiten.» Weil man als Vater ganz Vater und überhaupt nicht mehr Arzt sei. Er, der es von Berufs wegen besser gewusst hätte, hyperte privat wie alle anderen jungen Eltern auch. Tröstlich ist das. Und leuchtet irgendwie ein. Mir hat mein Vater, wiewohl Deutschlehrer, ja auch beim Frühstück rasch «Nathan der Weise» zusammengefasst, weil ich die Hausaufgaben verschlampt und das Buch nicht gelesen hatte – was er als Lehrer verurteilt hätte. Endlich begreife ich, dass eine Blumenfrau als Privatfrau schlicht Frau und durchaus empfänglich für Blumen ist, besonders für die Botschaft, die diese vermitteln. Besser gesagt: vermittelt hätten. Eine arge Unterlassung wars, damals, die Blumenfrau nicht mit Blumen zu hofieren.

«Ist es dir denn passiert?», frage ich nun die Floristin, die mich aufgeklärt hat. «Mein Liebster? Schenkt mir jede Woche Blumen», gibt sie zur Antwort, und dieser Liebste sitzt neben ihr. Doch mir fällt sogleich eine neue Hürde ein: die Konkurrenz! «Wo kauft er sie denn?», erkundige ich mich. – «Bei mir, dänk!»

Unverkleidet am Kostümball

Das Fest war zu einer Stunde angesetzt, da Leute meines Alters ans Zubettgehen denken, aber ich wollte den nächtlichen Auftritt meiner jungen Freunde nicht verpassen. Sie spielen in einer Band und hatten mich eingeladen. Nichts Grosses, ein Untergeschoss irgendwo in der Stadt …
Aber, Himmel, es waren ja alle kostümiert! Musste ich in der Einladung übersehen haben: Man solle sich als Song verkleiden. Ja, als Song! Eine hatte tatsächlich «99 Luftballons» zu einem Kostüm zusammengezurrt und sah wie eine grosse bunte Traube aus. Dutzende fantastischer Gestalten wuselten herum. Einer trug einen Bauchladen mit Zigaretten, Schokolade und Kaugummis vor sich her: einen «Kiosk». Schon kam mir im Halbdunkel eine rot Gewandete mit Teufelshörnern entgegen. «Bist du ‹Sympathy for the Devil› von den Stones?», fragte ich, wurde von der jungen Partygängerin aber aufgeklärt, nein, sie stelle dänk das Lied von Lo & Leduc dar: «Un ig ha gmeint, dr Tüüfu chömm im Füür u nid im rote Chleid …»
Niemand hatte die Mühe gescheut, alle waren sie liebevoll verkleidet, und ich kam mir in Shirt und kurzer Hose – unkostümiert, wie ich war – ziemlich blöd vor. Einer hatte einen Rucksack voller Überlebenshilfen – «I Will Survive»! Ein anderer trug ein Tamburin am Gurt. Es dauerte, bis ich erriet, dass er «Mr. Tambourine Man» war, den Bob Dylan einst

besang. Welch munteres Ratespiel! Gleich zwei Kerle versinnbildlichten «Learn to Fly», einen Song der Foo Fighters; und einer der Flugschüler hatte sich aus Karton Flügel, einen Flugzeugrumpf und eine Heckflosse gebastelt. Was ihn im allgemeinen Tanz und Trubel zu skurrilen Verrenkungen nötigte, wenn er an all den Leuten vorbei zum Ausschank gelangen wollte. Derweil spielten die Musiker Sounds aus einer Zeit, zu der sie noch gar nicht geboren waren: Metal aus den Achtzigern, psychedelischen Kunstrock aus den Seventies, Surfgitarren aus den Sixties. Ich staunte und war begeistert. Da kreuzte Jesus meinen Weg, samt Dornenkranz und einem riesigen Holzkreuz auf dem Buckel. Lange musste ich rätseln, bis ich aufgrund seines Basketballshirts auf «American Jesus» schliessen konnte, einen Titel der Band Bad Religion. Leichter zu erraten war der Typ in Radfahrermontur: «Bicycle Race». Der mit dem Sonnenschirm auf dem Kopf? Klar, «Umbrella». Zwei Junge waren unentwegt am Knutschen – war das vielleicht «Kiss» von Prince? Stunden habe meine Verkleidung mich gekostet, witzelte ich, wenn jemand mich aufs fehlende Kostüm ansprach, «rat mal!» Keiner kam darauf, und ich konnte dann triumphieren, ich stellte «Come As You Are» von Nirvana dar: Komm, wie du bist! Und alle fanden sie meinen Einfall ziemlich gerissen. Das habe ich mir jedenfalls eingebildet.

Alle Achtung

Als der kleine Finn, ein Nachbarsbub, noch nicht zur Schule ging – er war vielleicht vierjährig –, schrieb er mit Strassenkreide einmal gross auf die asphaltierte Fläche vor dem Haus: FINN. Und ich machte, hinzutretend, eine dieser unnötigen, gönnerhaften Bemerkungen, wie sie uns Erwachsenen halt so rausrutschen: «Dich können wir ja bald schon zur Schule schicken!» Darauf er, fast kleinlaut: «Aber ich kann doch noch nicht ‹Achtung› schreiben.»

Der Satz fällt mir immer wieder ein. Er sagte ihn damals so prompt, ohne zu überlegen und ohne jeglichen ironischen Unterton. Auf Hochdeutsch sagte er ihn, weil seine Eltern aus Deutschland stammen. Ohne zu zögern: «Aber ich kann doch noch nicht ‹Achtung› schreiben.»

Er hätte ja sagen können, er könne noch nicht Zebra schreiben, Nussgipfel oder Fahrrad. Doch er sagte: «Achtung.» Das klingt nach Ehrfurcht mit Betonung auf Furcht. Nach Achtungstellung. Schule als Zucht…

Wie mag er bloss darauf gekommen sein? Zugegeben, kleine Kinder bekommen das Wort auf Schritt und Tritt zu hören: «Achtung, heiss!», «Achtung, Finger weg, die Autotür!», «Das Messer ist scharf… Achtung!» Dauernd impfen wir ihnen Achtung ein. Wobei Achtung im Sinne von Vorsicht angebracht ist, beim Velofahren, auf dem Rollbrett. Achtung im Sinne von Respekt ist wichtig – vor der Umwelt, der Natur. Achtung im Sinn von Angst aber ist falsch. Uns geht es ja eigentlich gut. Wer derzeit in der Türkei als Journalist, als Schriftstellerin, Lehrer, Komödiantin etwas nicht Genehmes sagt, landet im Gefängnis. Denn einer ist gerade daran, alle Macht an sich zu reissen, er schüchtert sein Volk ein – Achtung! –, duldet keine Widerrede. Ähnlich in Russland, China, Nordkorea. Gewiss wurden auch hierzulande Abweichler und Andersdenkende fichiert. Dennoch glaube ich, dass wir uns glücklich schätzen können: Blinde Achtung wird nicht verlangt. «Achtung, steht! Dr Houptme schiisst i ds Bett...» Den blöden Kindervers werde ich nie vergessen. Mein Vater brachte ihn mir einst bei. Der Vers zeugt von gesunder Respektlosigkeit, und es ist schön, wenn Kinder so etwas lernen dürfen.

Der Finn? Geht längst zur Schule, er ist ein hervorragender Schüler. Und er könnte, wenn er wollte, heute auch Bruttosozialprodukt schreiben. Womöglich hat er damals einen sehr schlauen Satz gesagt: «Aber ich kann doch noch nicht ‹Achtung› schreiben.» Achtung ist wichtig. Nicht Achtung vor falschen Autoritäten, sondern Achtung vor sich selbst. Ich wünsche sie ihm: die Selbstachtung. Und ein gesundes Selbstbewusstsein: Achtung, hier kommt der Finn!

Und immer wieder B12

Einhundert Lire. Ein Geldstück ungefähr in der Grösse eines Zweifränklers, aber etwas dünner und leichter. Damit konnte man sich zwei Kugeln «Gelato» kaufen – mein erstes italienisches Wort. Ich war vier-, fünfjährig und noch zu klein, um die Auslage hinter der gläsernen Theke überhaupt sehen zu können, aber ich wusste, ich wollte eine braune und eine grüne Kugel – Cioccolato und Pistacchio – und reckte meinen Arm empor, auf dass Signor Mario, der schnauzbärtige Glaceverkäufer, mein Hundert-Lire-Stück behändigen konnte.

Die Bar Cigolini war auf Stelzen über dem Strand gebaut, an heissen Tagen fanden wir darunter im Schatten Schutz, und wenn es stürmte, wurde sie vom Meer unterspült.

Als wir etwas älter waren, steckten wir unsere Münzen in die Jukebox im Innern der Bar. Die geheimnisvolle Anna aus Monza, die mir zum Abschied ihre Adresse überlassen würde, drückte meist B11: «Balla balla ballerino» von Lucio Dalla. Ich aber hörte noch lieber die B-Seite, «Stella di Mare», klaubte also ein neues Hundert-Lire-Stück hervor und drückte B12, immer und immer wieder.

Dass die blasshäutige Schönheit, die Dalla in dem Lied besang, keine Frau, sondern ein Jüngling war, wusste ich damals nicht. Ich wusste nur, dass die Squadra Azzurra, deren Leibchen ich trug, die Weltmeisterschaft gewonnen hatte und dass Italien das Land meiner Träume war.

Im nächsten Herbst würden wir «Bollicine» von Vasco Rossi drücken, C7, und nur erahnen, dass das «Coca», von dem er sang, kein Getränk war. Wir lasen Pasolini und De Carlo, schauten Filme von Fellini und den Brüdern Taviani, hörten Fabrizio De André und Loredana Bertè, schwärmten für Ornella Muti und trauerten um Enrico Berlinguer, den Sekretär des Partito Comunista, wie um einen nahen Verwandten. Viva l'Italia! Das Land, an dem ich während der ersten dreissig Jahre meines Lebens all meine Sehnsüchte festmachte – und das mich dann umso bitterer ernüchterte: weil es sich während zweier Jahrzehnte von einem irren Gangster regieren liess, Silvio Berlusconi; weil es in seinen TV-Shows ein haarsträubendes Frauenbild pflegt; weil es unter dem Druck der Mafia ganze Landstriche vergammeln lässt. Weil … Ach!

Vorige Woche waren wir an eine Hochzeit eingeladen. Nach Italien. Ich hatte nicht viel erwartet, man fährt halt hin, aus Höflichkeit. Aber dann! War auf einmal alles wieder da, was das Italien meiner Jugend ausgemacht hatte: «Gazzetta dello Sport» und «Repubblica», unabdingbare Doppellektüre zum Frühstücks-Cappuccino, das Gelato, die Kugel à einen Euro, das Palavern mit alten Fischern, das Promenieren um Mitternacht, Stände mit Plastikfussbällen, Spielzeug und den Keramiktierchen als Waschlappenaufhänger – welch Souvenir! Das gelbe Seepferdchen, das ich mir vor fünfundvierzig Jahren erbettelte, hängt noch heute im Badezimmer meines Elternhauses – nur, dass der Haken seit vierzig Jahren abgebrochen ist.

Alles da, nur eines fehlte: die Jukebox in der Ecke. Aber ich hätte ohnehin kein Hundert-Lire-Stück dabeigehabt.

Meine, deine, ihre Schweiz

Manchmal muss man zweimal hinschauen. Ist das auch ein Wahlplakat? Eine Ständerätin aus dem Aargau prangt unter der Losung «Meine Schweiz» an jeder zweiten Wand... Aber sie tut es auftrags einer bunten Illustrierten. Eigentlich hatte ich mir vorgenommen, all die Aushänge im Wahlherbst zu ignorieren. Früher ging das recht gut. Aber seit ich eine Brille habe, sehe ich die Phrasen schärfer, als mir lieb ist. «Frei sein!» wollen sie und «unabhängig» und «sozial», «für Frauenpower» legen sie sich ins Zeug, «für weniger Regulierungen» und für... «meine Schweiz».

Falsch, nein, das ist ja eben die Reklame der Illustrierten. Die wirbt im Weltformat mit traumhaften Natursujets: ein alt Bundesrat in hehrer Bergwelt; ein Weltcupstar an einem stillen See; ein Schlagerschätzchen samt Hund auf freiem Feld; und, eben, eine Ständerätin im weiten Tal. Rundherum stets nur Grün und Natur und blauer Himmel. Hier wird ein Land suggeriert, das es nicht gibt. Die Wahrheit wäre eine zersiedelte Landschaft, eine Agglo, die sich als breites Band von Genf bis Rorschach zieht und in der die überwiegende Mehrheit der Bevölkerung wohnt. Dass «Meine Schweiz» mit besagter Ständerätin nun mitten unter den Politikerfloskeln hängt, belustigt mich. Denn im Grunde ist dies sogar ideale Wahlwerbung: eine Botschaft, die niemandem wehtut; ein Bild des Landes, viel zu schön, um wahr zu sein. Denn das ist ja das Ärgerliche an der Politik: dass sie alles viel einfacher darstellt, als es in Wahrheit ist. Wollen wir wirklich nur «frei sein!» und «unabhängig!», während alle anderen europäischen Länder sich gemeinsam daran machen, Flüchtlinge aufzunehmen, wie die Not und die Menschlichkeit es gebieten?

Gelingt es Ihnen auch immer schlechter, jene schlimmen Bilder von Ihrem beschützten Alltag fernzuhalten? Wir planen Herbstferien, am Strand vielleicht gar (und wir haben sie ja auch verdient!) – da kommt uns das Bild des toten Jungen in die Quere, der in Bodrum in der Brandung liegt, und wir schämen uns leise für unseren Luxus. Wir haben genug zu essen – und können je länger, desto weniger verdrängen, dass es anderen, unverschuldet, mies geht; dass unser Wohlstand auch auf deren Elend gründet.

Ein Dilemma, das der grosse Mani Matter vor Jahrzehnten schon so trefflich auf die Formel brachte: «Dene, wos guet geit, giengs besser, giengs dene besser, wos weniger guet geit – was aber nid geit, ohni dass 's dene weniger guet geit, wos guet geit.» Man möchte ja helfen, aber... Würden Sie eine syrische Familie bei sich zu Hause aufnehmen? Oder doch lieber bei der Schwiegermutter einquartieren? (Die hat schliesslich Platz.) Oder sähen Sie die Flüchtlinge am liebsten in der Zivilschutzanlage im Bühl draussen? Dort stören die niemanden...

Ist das wirklich nur meine Schweiz? Die meisten Volksvertreterinnen und -vertreter sind noch immer plakativ: Die einen sind etwas gar arglos und verlangen, sofort alle Schweizer Botschaften im Nahen Osten für Asylsuchende zu öffnen, die anderen wollen unsere Grenzen noch dichter machen. Weil ein Wahlherbst nicht die Zeit für Zwischentöne ist. Aber leider ist das alles komplizierter, als sie uns vormachen. Verdammt viel komplizierter.

Duell am Katzensee

Ach, Roger, du warst ein Lustiger, als ich dich kennenlernte vor vielen Jahren, es müssen über zwanzig sein. Listig lugtest du hinter dicken Brillengläsern hervor, ein Sprücheklopfer warst du, nicht brillant, wie nun alle einander abschreiben, aber lustig. Auch streitlustig. Wir schrieben für verschiedene Zeitungen, damals; ich attestierte der amerikanischen Rockband Pearl Jam «liturgische Feierlichkeit», du mokiertest dich: «Die Kritik faselt von liturgischer Feierlichkeit.» Und frästest die Band in einer Konzertbesprechung in Grund und Boden. Weil mir das Konzert gefallen hatte, protestierte ich – worauf du mich zum Duell am Katzensee im Morgengrauen auffordertest.

Stattdessen wurde es dann ein Zmittag im «Sprüngli» – wir beide waren viel zu jung für das Lokal an der Bahnhofstrasse, aber das gefiel dir: das Klassische, Noble –, wir redeten über alles Unmögliche, nur nicht über Pearl Jam. Und heute muss ich gestehen, dass du vermutlich recht hattest: Es war ein bisschen anstrengend, wie feierlich die Band sich gebärdete, wie ergriffen sie ob der eigenen Ernsthaftigkeit war. Aber dir ging es ohnehin nie um Musik oder Sport oder worüber du sonst gerade berichtetest, als Journalist, sondern um Aufmerksamkeit, Kitzeln, Provokation. Dir gefiel es, eine andere Meinung zu vertreten.

«Man soll sich nicht zu wichtig nehmen.» Passt. Zu Pearl Jam. Und zu dir, Roger Köppel. Den Satz hat deine neue Kollegin Natalie Rickli über dich gesagt. Nun rückst du kommende Woche zu deiner ersten Session ein. Und mich dünkt, du habest die Lustigkeit verloren. Mit heiligem Ernst hast du dich im Wahlkampf in Märtyrerpose geworfen, hast du betont, du hättest ja eigentlich gar keine Zeit für Politik, du wollest nur kurz nach Bern: für eine Kurskorrektur. Ganz à la: «Wenn ich es nicht mache, machts ja keiner.» In der Nationalratswahl magst du abgeräumt haben. Aufräumen wirst du nicht in Bern. Wer in testosterongeladenem, herkulischem Heldenstil als Einzelner eine «Richtungskorrektur» vornehmen will, verkennt unser politisches System. Mehr noch: Er denkt undemokratisch. Niemand kann allein den Gang der Schweiz ändern – unserem ausbalancierten System sei Dank.

Umso mehr betrübt es mich: dass du künftig noch weniger Zeit mit deinen drei kleinen Kindern verbringst. «Ich muss daheim auf mein Wahlplakat schreiben ‹Papi hat euch lieb›, damit sie nicht vergessen, wie ich aussehe», hörte ich dich am Fernsehen sagen. Das mag kokett gewesen sein, aber es ist auch traurig. Du willst in Bern den Retter spielen – und verpasst die besten Jahre, die man mit Kindern erleben kann. Schade. Man kann so viel lernen von Kindern. Und es so lustig mit ihnen haben.

Ein Jugo im Haus

Es beginnt mit einem Familienkrach. «S chunnt nid i Frag, dass du üs e Jugo i ds Hus bringsch!», tobt der Vater. Auch die Mutter ist ausser sich. Dabei wollte Tochter Léonie, voller Freude, von ihrer ersten grossen Liebe berichten: von Granit, ihrem albanischen Freund. Doch die Eltern finden, es gehe nicht an, dass ein Schweizer Mädchen aus gutbürgerlichem Haus «so einen» heimbringe.

Eine neunte Klasse, irgendwo in der Schweiz, probt für ihr Abschlusstheater. Sie hat es selber erarbeitet, hat diskutiert, notiert und ausprobiert, hat erwogen, verworfen und schliesslich geprobt, geprobt, geprobt. An einer der Proben durfte ich dabei sein. Ein Schülertheater, werden Sie denken – na, und? Nichts Besonderes. Diese Klasse aber ist besonders. Nur fünf von zwanzig Schülerinnen und Schülern sind gebürtige Schweizer, die jungen Menschen aller Hautfarben und Religionen stammen aus fünfzehn verschiedenen Nationen. Ihr Klassenlehrer? Trägt an diesem Morgen eine Trainingsjacke des schwedischen Nationalteams, auch er nur «halber» Schweizer.

Kein Schulhaus wie andere. Das Quartier gilt als prekär, die Schülerschaft wird als bildungsfern und schwierig eingestuft, die Rede vom «Ghetto» geht um. Und nun parodiert diese Schulklasse in einer Wonne Schweizer und sogenannte «Jugos» in Alltagssituationen: beim Autokauf, wo Jürg und Christoph besonders auf den Skiträger achten, Kushtrim und Arlind auf den Tacho; am Spielfeldrand, wo die einen brav und die anderen temperamentvoll sind; beim Aufriss in der Disco, wo die einen ungelenk vorgehen, die anderen machohaft. Das Stück ist richtig gut! «Cervelat oder Ćevapčići?», fragt es im Titel. Und gibt die Antwort gleich selbst: «So egal!» Eine wunderbare Parabel über gegenseitige Vorurteile und vorschnelle Verunglimpfung.

Dies sei verraten: Es kommt zu einem guten Schluss. Léonie darf ihren Granit in die Arme schliessen, und beim gemeinsamen Grillplausch der Familien stellt sich heraus, dass die «Ausländer» gar nicht so ausländisch sind, der Schweizer Vater gar nicht so bünzlig. Nicht alles, was «die Rechtspartei» sage, sei falsch, meint der Vater des jung verliebten Granit. Léonies Vater hingegen findet, ihm gehe deren Hetze in letzter Zeit zu weit. Grossartig, das Theater in der kleinen Aula in der Vorstadt. Man möchte es all jenen zeigen, die dauernd mit wüster Drohgebärde vom angeblichen Ausländerproblem reden.

Und euch, liebe 9a, möchte ich zurufen: Geht raus, gebt alles und habt Spass! Raus auf die Bühne – und danach raus ins Leben. Woher auch immer ihr stammt: Ihr seid cool, ihr habt mich sehr beeindruckt.

Schlösser bauen

Marc war anders. Er schien immer ein bisschen in den Wolken zu sein, unser Mitschüler, verträumt und eigen. Er trug Bundfaltenhosen mit schmalem Ledergürtel, wir trugen löchrige Jeans. Es waren die Achtzigerjahre, Berner Jugendliche hatten die alte Reitschule zum «Autonomen Jugendzentrum» ausgerufen, keiner kam elegant gekleidet zur Schule. Keiner ausser ihm, Marc. Wir anderen Jungs palaverten über Fussball, er komponierte noch während der Schulzeit eine Suite für ein ganzes Orchester. Dem Mädchen, dem er sie heimlich widmete, getraute er dies, glaub ich, nie zu sagen. Sie hat dann einen sportlicheren genommen. Luftschlösser baue der, schimpfte unser alter Lateinlehrer, so einer werde es nie zu etwas bringen. Marcs Schulnoten waren wirklich nie die besten, dazu hatte er viel zu viele andere Dinge im Kopf.

Aber irgendwie hat er sich doch durchs Gymnasium gemogelt. Weil er zwischendurch Geniestreiche vollbrachte. Nie vergesse ich, wie er eine Physikprüfung statt mittels Formeln und mittels der Berechnungen, die wir hätten anstellen sollen, grafisch löste. Grosszügig zeichnete er Kreise und Bögen auf sein Blatt, schraffierte hier, skizzierte dort – und zuletzt stimmten seine Resultate. Physiklehrer Saurer war baff. So etwas hatte er noch nie gesehen. Und bestimmt sah er es danach nie mehr. Unser eigenartiger Schulkamerad erlaubte sich, selber zu denken.

Solide Zahnärzte sind aus unserem Jahrgang hervorgegangen, eine Pfarrerin, zwei, drei Notare. Anna machte beachtliche Tanzkarriere, Christoph hat an gescheiten Büchern mitgearbeitet, Gianni führt eine eigene Praxis, einer wurde gar Regierungsrat, einer schreibt Kolumnen. Aber Marc! Der Luftikus! Er hat es von unserer Klasse am weitesten gebracht. Ein international erfolgreicher Architekt ist er, einer, der Opernhäuser und Bürogebäude baut, Wohnkomplexe, halbe Stadtteile. Er hat in Syracuse im US-Gliedstaat New York gelehrt, er baut in Berlin, Mailand, Rom und München, auch in unserer Stadt. Manchmal, wenn ich auf dem Velo an einem seiner Gebäude vorbeifahre – und die sind unverkennbar! –, sorge ich mich, ob Buben wie er, solche, die besonders und einzigartig sind, heute in der Schule noch den nötigen Raum erhalten. Das wäre unbedingt notwendig. Denn sie sind diejenigen, die später die Welt bereichern. Ehrlich.

Marcs Bauten? Sie sehen nicht aus wie andere, ich habe sie gegoogelt. Sie haben eigenwillige, gerundete Formen, tragen Namen wie «Fellini Residence», sind von klassischer Noblesse und urbaner Kühnheit zugleich. Nicht einfach Häuser baut er. Er baut Schlösser.

Äusserlich betrachtet

Himmel, jetzt gibts den Mist schon als Spiel! Mittels Playmobil-Figürchen lässt sich im Kinderzimmer diese blöde Castingshow nachstellen. Die Packung enthält Models im Modellformat, plus Jurymitglieder, dazu Rüschen und Röckchen, Flakons, Tuben und Sprühfläschchen ... den ganzen Kram, samt Laufsteg. «Mit dem Set können vier- bis zehnjährige Kinder die Modelwelt von Heidi Klum toll nachspielen», verspricht die Werbung. Die Reihe heisst «City Life», unter die Augen aber kam besagte Packung mir in einem entlegenen Obwaldner Ort. Und natürlich richtet sich das Angebot an Määäädschen.
«Määäädschen», so nennt Heidi Klum in der realen Show die jungen Frauen, die sich ihr andienen. Den Kandidatinnen wird wahlweise beschieden, sie liefen «wie ein Pferd» oder «super sexy», und man erhält den Eindruck, im Leben gehe es einzig darum, dass frau «laufen» könne: sich in Stöckelschuhen gestelzt cool über einen Catwalk bewegen. Klum, die selber mit dem Ins-Licht-Rücken ihrer Oberweite Millionen verdient hat, kanzelt ihre Möchtegernnachahmerinnen gern ab: «Bei dir müssen wir ein Bleaching machen!», kommentiert sie das Gebiss der einen, einer anderen will sie Hornhaut wegraspeln, eine dritte ist «zu fett». Immer sind diese Makel ganz, ganz schlimm, und mag die Härte auch gespielt sein – mir läuft es bei der Fleischschau kalt den Rücken runter. Denn

da werden Heranwachsende auf ein krankes Ideal getrimmt: brandmager, bitte schön! Und dann wundern wir uns, dass sich immer jüngere Mädchen in die Magersucht hungern.

Klar, sämtliche Medien beteuern, sie würden vor Magersucht warnen. Und tun dann doch das Gegenteil: Im «Blick» muss sich Skirennfahrerin Lara Gut (Jeansgrösse 38!) die Frage gefallen lassen, ob sie unter «ihren dicken Beinen» leide. Den halben Winter über war die Stadt mit Plakaten einer «Style»-Zeitschrift vollgekleistert. Darauf zeigten sich vier sogenannte Schweizer Topmodels oben ohne, allesamt krankhaft mager. Die «Nordwestschweiz» hypert: «Der Frühling ist da – und mit ihm der blanke Horror. Denn um für den Sommer halbwegs okay auszusehen, bleibt nicht mehr viel Zeit.» Auf dem Bild, das diesen «Horror» illustrieren soll, stehen zwei Blonde in Unterwäsche vor dem Spiegel. Sie wären zu bleich, hätten geschwollene Augen und an den Oberschenkeln Orangenhaut, behauptet die Bildlegende. Zu sehen aber sind ranke, prima aussehende Frauen.

Übrigens erreichte «Germany's Next Topmodel» in den zehn Jahren seiner Ausstrahlung nie, was es verspricht: dass die Siegerin wirklich als Model Karriere gemacht hätte. Ob mich das trösten soll?

Moment mal

Da haben wirs wieder mal: «Gewalt bei jungen Pärchen nimmt zu», titelte der «Blick», «Jeder Zweite leidet unter Cybermobbing», wusste die «NZZ» zu berichten. Unsere Jugend: versaut, gewalttätig, kriminell. Man weiss es ja. Von diesem «Carlos» ist seit Monaten fast täglich zu lesen, dem jugendlichen Messerstecher aus Zürich, dem offenbar mit keinem noch so teuren «Sondersetting» beizukommen war. Schon betreibt die eine Partei – diejenige, welche «das Volk» im Namen führt – mit seinem Beispiel Wahlkampf: «Keine Steuergelder verschwenden für Carlos und die Sozialindustrie!»

Moment mal. Was war den Schlagzeilen über die ach so arge Jugend vorausgegangen? Die Meldung, wonach gemäss einer ETH-Studie Gewalt und Verbrechen von Jugendlichen geschwunden seien, und zwar massiv: Rangeleien, Körperverletzungen, Raub, Erpressung und sexuelle Gewalt unter Jungen sind gegenüber 2007 um rund ein Drittel zurückgegangen. Sie trinken weniger, rauchen weniger, kiffen weniger als früher. Tage später, letzte Woche wars, untermauerte eine Polizeistatistik die Ergebnisse der Forscherinnen und Forscher: Unsere Jugendlichen sind brav. Und sie treiben in ihrer Freizeit laut einem Bundesamt im Schnitt täglich eine Stunde Sport, den Schulsport noch nicht mal eingerechnet!

Und was steht in der Zeitung? Wie schlimm es um die Jungen stehe. Nun mag es Aufgabe der Medien sein, das Negative herauszugreifen, auf Missstände hinzuweisen. Warum aber gross auf Gifteleien via Handy, Facebook und Twitter machen, wenn selbst der Studienleiter der ETH davor warnt, dieses sogenannte Cybermobbing zu dramatisieren? Weshalb sexuelle Gewalt unter Jugendlichen herausstreichen, obgleich sie stark rückläufig ist? Mir ist das unerklärlich. Statt des ewigen Bildes einer bewegungsfaulen Jugend, die nur noch an ihren Smartphones und Bildschirmen hängt und angeblich durch Games und Filmchen zu Gewalt angeleitet wird, könnten die Medien von Flavio berichten, dem Landschaftsgärtnerlehrling, der alle seine Ferienwochen – alle! – daran gibt, Pfadilager für jüngere Jugendliche zu leiten. Von Rebecca, der Umweltaktivistin, die neben dem Gymi fast täglich Unterschriften sammelt, Aktionen plant, Podiumsdiskussionen organisiert. Von Ivan, der verrückte Roboter bastelt, trotz der strengen Lehre Unihockeyjuniorinnen trainiert und mit Freunden Raps aufnimmt. Von einer Million hellwacher, engagierter, cooler Jugendlicher wäre zu berichten.
Und weil ich mir wünschte, es stünde mal etwas über diejenigen Jugendlichen in der Zeitung, die super gut drauf sind, habe ich ihnen hier eine Seite gewidmet.

Für immer und ewig

Was geschähe, wenn man einen Konzertflügel irgendwo hinstellen würde? Einfach so. Öffentlich und frei zugänglich, in eine Fussgängerpassage, ein Verwaltungsgebäude, ein Einkaufszentrum… Er würde binnen Kurzem Opfer von Vandalen, nicht wahr? Traktiert würde er und mutwillig zerstört. Man weiss ja, in was für Zeiten wir leben.

Am Bahnhof von Arnheim, in den Niederlanden, taten sie genau dies: Stellten einen Konzertflügel mitten in die riesige Ankunftshalle. Noch dazu einen weissen – auffällig, edel, schmutzanfällig. Dazu einen Stuhl und die Aufforderung an jedermann, das Instrument zu spielen: «Bespeel mij – play me!» Und was geschieht? Der Flügel wird gespielt. Ich wollte mir ja eigentlich nur einen Kaffee holen, aber da sass dieser Kerl, er ging gegen sechzig, und schmetterte mit voller Stimme Billy Joels «Piano Man» in die Halle. Bald bildet sich eine Gruppe Schaulustiger, es wird applaudiert, die Menge spornt den anonymen Sänger an, er geht zum nächsten Stück über. Und, Himmel, kann der Klavier spielen!

Ich war einige Tage in Arnheim zugange, diesen Sommer, und immer wieder zog es mich zum Bahnhof. Jedes Mal, ob morgens oder spätabends, sass gerade jemand an den Tasten und spielte vor sich hin: Kinder, Frauen, Männer jeden Alters. Begabte, Begnadete, zuweilen auch Anfänger. Immer war da Musik. Und sie beeinflusste die Menschen, die von den Perrons her kamen oder den Perrons zustrebten: Samtenen Schrittes glitten diese Passanten durch das grosse Gewölbe. Niemand schien mehr pressant zu sein. Kein Rennen, kein Schubsen, kein Drängeln gab es, dafür vereinzelt ein Tänzeln.

Bei meinem letzten Besuch sitzt ein Jüngling von vielleicht fünfzehn Jahren am Flügel. Dunkler Teint, Baseballcap, schwarze Jacke. Eher schüchtern wirkt er, aber wie er nun zu «I Will Always Love You» anhebt und sich selbst begleitet, ist zum Dahinschmelzen. Das tut sie auch, seine Angebetete, wohl wenig jünger als er, blond, mit Zahnspange; ein Teenie mit pinkfarbenem Rucksäckchen. Stützt sich mit einem Ellbogen aufs Instrument, steht einfach da, himmelt ihn an – und schmilzt dahin. «And a-i-aaaiii will always...», schwingt er sich nun mit heller Stimme in höchste Höhen, «...looooove you!» Er schaut seine Zahnspangenschönheit unter der Schirmmütze hervor verschmitzt an. Und man ist sich angesichts ihrer Jugend nicht sicher, ob er sie wirklich für immer lieben wird, aber in diesem Moment ist, was er singt, einfach nur wahr, und sein Spiel verzaubert die Glas- und Betonkonstruktion dieses Bahnhofs in den schönsten Ort der Welt. Für Augenblicke, die sich anfühlen wie: immer und ewig.

E Bueb mit Name Fritz

Mit Fritz war es immer ein bisschen kompliziert. Denn er hiess wie sein Vater, und der hatte schon wie sein Vater, also Fritzens Grossvater, geheissen: Fritz. Fritz Kaufmann. Wir reden hier von Fritz Kaufmann, dem vierten, der in vierter Generation einen Gasthof nahe dem Dorf führt, in dem ich aufgewachsen bin. Und wie tauften dieser vierte Fritz und seine Elisabeth nun ihren Ältesten? Fritz. Das wäre dann der fünfte. Ist im Dorf von ihm, dem Jüngsten, die Rede, ergeben sich Wortwechsel wie dieser: «Weisch, Choufme Fritzens Fridus Fritz, em Fritzli dr Fritz» – «Jää, wele jetz?» – «Dr Choufme Fritz.» Und wenn dann jemand fragt: «Den Fritzli meinst du?», erhält er zur Antwort: «Nein, den Fritz, dänk!» Weil man den Vater im Dorf selbst im Pensionsalter gern noch Fritzli nennt, besteht der Sohn auf Fritz, ohne -li. Ich hatte Sie ja gewarnt, es werde kompliziert.

Wir reden nicht von Gotthelfs Zeiten. Sondern von der Gegenwart. Der heutige Wirt, Fritz der Vierte, genannt «Fritzli», wäre scheints gern Pfarrer geworden und nicht Beizer wie sein Vater, Gross- und Urgrossvater. Er habe dann aber doch das «Rössli» übernommen. Nicht, weil er musste. Sondern weil er als Jüngling sein Flair fürs Wirten entdeckte. Fritz IV. war in der fünften Klasse, als er dank einer neuen Knetmaschine das Züpfe-Backen entdeckte. Seine Butterzöpfe gelangen auf Anhieb so gut, dass ein Gast ihm als Lob und Preis einen Fünfliber gab. Von da an wollte er nur noch Wirt werden. Und wahrlich, ich sage Ihnen: Seine Züpfe-Sandwiches sind noch heute die feinsten «zäntume».

Bald übernimmt nun Fritz V. den Gasthof. Der lernte zuerst zwar Landmaschinenmechaniker, absolvierte danach aber die Hotelfachschule und ist für die Nachfolge gerüstet. Als ich ihm unlängst begegnete, musste ich die Frage einfach stellen, auch wenn er sie bestimmt längst nicht mehr hören mag. Aber Sie hätten sie auch gestellt, nicht wahr? Ob seine Partnerin und er denn einen allfälligen Sohn … «Nein.» Es werde keinen sechsten Fritz Kaufmann in Folge geben. Der fünfte Fritz verneinte klipp und klar, noch ehe ich die Frage ausformuliert hatte.

Was mich jetzt fast ein wenig schade dünkt. «Wirtshaus zum Rössli, Fritz Kaufmann, seit 1887» – das Schild würde sich doch einfach gut machen! Stattdessen soll dort dereinst Noah Kaufmann zu lesen sein, Liam Kaufmann oder Yannis oder Leon und was der Modenamen mehr sind?! Geht mich überhaupt nichts an, ich weiss. Und vielleicht kommt ohnehin alles anders, und eine Tochter übernimmt die Beiz dereinst in sechster Generation … Eine Frieda, vielleicht?

Wahre Grösse

Den grossen Luís Figo durfte ich mal treffen. Den portugiesischen Fussballer, der die Nummer 7 mit Eleganz trug, ehe sein Landsmann Ronaldo, der Geck, sie zu seinem Markenzeichen machte. Ronaldo hält sich bekanntlich für «den besten, zweitbesten und drittbesten Spieler der Welt» – Figo, der einst Medizin studierte, lobte statt seiner selbst andere und sprach lieber über seine drei Töchter als über sein Können. Dabei war er das Genie des letzten Zuspiels: Keiner bereitete Tore schöner vor als er.

Aber, keine Angst! Dies soll keine Fussball-Kolumne werden. Ich war also mit Figo verabredet, in Schaffhausen wars, und fragte nach dem Weg. «Eine gute Viertelstunde zu Fuss», beschied mir ein freundlicher Passant. Doch nach einem Spaziergang von zweieinhalb Minuten war ich am Ziel. Wochen später erkundigte ich mich in Mailand bei einer jungen Frau, wo es denn zum Dom gehe. Sie wies mir die Richtung: «Cinque, sei minuti in questa direzione.» Ich würde in fünf, sechs Minuten dort sein. Mir aber taten nach einer Dreiviertelstunde Marsch die Füsse weh, und ich hatte mich nicht verlaufen.

Eigenartig: Kleinstädtern erscheint ihr Wohnort offenbar grösser, als er ist. Die Grossstädterin hingegen nimmt das riesige Mailand als Dorf wahr. Woher das rührt? Keine Ahnung. Aber versuchen Sie es selbst! Fragen Sie in Ballwil und New York nach dem Weg!

Sie werden falsche Einschätzungen erhalten. Der «short walk, three or four blocks» wird Stunden dauern. Vielleicht, weil Metropolenmenschen ihre Stadt in Gedanken zum behaglichen Ort verkleinern, derweil Dörfler von Grösse träumen.

Figo? Plötzlich stand der Mann, den ich als besten Spieler seiner Generation verehrte, vor mir – das Kinn unrasiert, die Koteletten buschig, das rabenschwarze Haar lässig nach hinten gestrichen. Die waagrechte Stirnfurche liess ihn nachdenklich und älter erscheinen. Wir unterhielten uns auf Italienisch, Figo hatte bei Inter Mailand gespielt und sprach es fast fehlerfrei. Falls er überhaupt etwas sagte. Denn wo der andere, Ronaldo, ein Grossmaul ist, war er kleinlaut. Darauf angesprochen, dass sein Name im Italienischen «gut aussehend» und «geil» bedeutet, schmunzelte er nur und befand: «David Beckham ist doch viel schöner als ich.»

Es war wie mit so vielem, das einem von fern gross und wunderbar erscheint. Von Nahem besehen, war der Überirdische ganz normal. Denn je näher wir jemandem kommen, desto mehr müssen wir von unseren eigenen Vorstellungen Abschied nehmen, seien es Vorurteile oder Verherrlichungen. Luís Figo erwies sich als Scheinriese. Aber eigentlich fand ich das ganz sympathisch.

Geld ist Zeit

Der Satz liess mich aufhorchen. «Arbeit isch dr Sinn vom Läbe», sagte ein Pensionierter am Radio. Ich war gerade damit beschäftigt, Süsskartoffeln zu schälen – was ich durchaus gern mache, denn ob dem Zubereiten eines Gerichts kann man wunderbar «schnouse», und ich mag Süsskartoffeln fürs Leben gern. Die Reporterin hatte einen Stammtisch irgendwo im Bernbiet besucht, an dem die eigentlichen Stammtischler, ältere Herren allesamt, die ihr Berufsleben hinter sich haben, mit den jungen Initianten für ein bedingungsloses Grundeinkommen debattierten. Nein, nein, befand nun einer der Alten, jeder müsse sein Geld selber verdienen, weil: «Arbeit isch dr Sinn vom Läbe.»
Für die meisten mag das zutreffen, heute. Aber es war nicht immer so. Das mittelhochdeutsche «Arebeit» bedeutet: Mühsal, Plage, Leid; das französische «travail» ursprünglich sogar Folter. Von wegen Sinn des Lebens! Dass die Menschen sich einzig über ihren Job definieren und an Partys die Frage, wie es ihnen gehe, stets berufsbezogen beantworten, ist eine neuzeitliche Erscheinung: «Ich hab in der Bude grad eine total spannende Projektleitung übernommen, ‹en riise Tschällensch›.» Ich habe mir angewöhnt, dann jeweils nachzuhaken: «Nein, ich meinte, wie es dir wirklich gehe ...» Oft kommt dann nicht mehr viel.
Vielleicht war Benjamin Franklin, einer der Gründerväter der Vereinigten Staaten, der Erfinder der Berufs-

versessenheit. «Zeit ist Geld», schrieb er 1748 in seinem Buch «Ratschläge für junge Kaufleute». Der Spruch ist heute jedem Kind geläufig. Nur: Warum drehen wir ihn eigentlich nie um? «Geld ist Zeit» würde ja bedeuten, dass wir die Wahl haben. Die Wahl, das Geld, das wir ohnehin nur in die nächste Entspannungsmassage stecken, gar nicht erst zu verdienen. Gibt nur wieder Stress, am Feierabend in die Massage zu seckeln. Manche jungen Leute durchbrechen diesen Zyklus bewusst. «Downshiftig» heisst ihr Motto, sie arbeiten nur so viel, wie zum Leben nötig ist. In der gewonnenen Zeit liegen sie nicht auf der faulen Haut, sondern kümmern sich um wirklich Wichtiges: um die Kinder, um Altenpflege, um Freunde, Reisen, die Umwelt.

Inzwischen bin ich beim Rüsten der Rüebli angelangt und weiss gar nicht recht, ob das nun gearbeitet ist. Es gibt ja kein Geld dafür.

Am nächsten Tag liegt eine Postkarte in meinem Briefkasten: «Wer Gemüse rüstet, lebt sinnvoll.» Einverstanden.

Einkehren statt Einkehr

Ballast abwerfen! Sich der digitalen Reizflut für ein paar Tage zu entziehen, ist in Mode gekommen. Schulklassen sollen die alltägliche Hetze hinter sich lassen, in Managerkürslein wird das Zu-sich-Kommen geübt, manche gehen zum Schweigen ins Kloster. Eine befreundete Familie auferlegt sich jedes Jahr eine Entzugswoche ganz ohne Smartphones, Laptops und Spielkonsolen. Und ein Bekannter entführte seine Diplomschüler unlängst in eine Alphütte und liess sie dort arbeiten ohne die Hilfsmittel, die sie sonst gewohnt sind – kein Google, kein Wikipedia, keine rasche Bildersuche im Web ... Nur Papier, Bleistift, Gedächtnis und Fantasie. Solcherlei ist nötig geworden in einer hektischen Zeit, da wir stets irgendein Gratisblatt zur Hand haben, immer noch hurtig das Handy zücken, unsere Mails checken und ... «Hier gehts zum Liveticker!»

Solche Auszeiten hätte es nicht gebraucht früher, in der guten, alten Zeit, nicht wahr? Moment mal. «Ballast abwerfen!» Ich sehe es noch vor mir, das Flugblatt mit einer Balloncrew, die Sandsäcke abwirft; ich hatte es selber gezeichnet. Wir, eine Gruppe von Jugendlichen, wollten eine Woche auf der Alp verbringen – ohne Strom, ohne Telefon, ohne Zeitung, ohne News von aussen, ohne künstlichen Food, ohne Zucker: Besinnung, Entschlackung, Einkehr. Und das vor vierunddreissig Jahren! Hätte es die Schlag-

wörter Entschleunigung und Entgiften schon gegeben, wir hätten sie mit aufs Flugblatt geschrieben.
Wir schrieben Gedichte, wanderten, suchten Beeren, gossen Kräutertee auf und süssten ihn mit eingedicktem Birnensaft. Wir: ein Dutzend Jugendliche und zwei Pfarrer. Ich erinnere mich an Kartenspiele im Kerzenschein und Gespräche unterm Sternenhimmel. Täglich musste jemand mit einer Kanne zu einem Hof mit angegliederter Bergwirtschaft herabsteigen, um Milch zu holen. Wir unternahmen den vielleicht dreiviertelstündigen Marsch in wechselnden Zweiergruppen. Als Fredi und ich an der Reihe waren, gönnten wir uns, unten angekommen, eine Coupe Romanoff mit viel Zucker und viel «Nidle». Nicht, dass es uns besonders gelüstet hätte, es ging mehr um den Kick des Regelverstosses. Und darum, dass wir fortan ein Geheimnis hatten. Die anderen würden so etwas bestimmt nie tun!
Jahre später erst erfuhr ich von anderen einstigen Lagerteilnehmern: Auch sie waren bei ihrem Abstieg eingekehrt und hatten eine Coupe verschlungen. Gar Jahrzehnte dauerte es, bis einer der Pfarrer mir beichtete, auch er und sein Kollege hätten damals, als Zweiergruppe unterwegs, zwei Coupes Dänemark bestellt. Das hatte etwas Tröstliches, im Nachhinein.

Ciao, Papà!

Er würde diese Woche einundneunzigjährig, und ich weiss nicht recht, weshalb er mir immer im Herbst in den Sinn kommt. Vielleicht, weil er ein grosser Melancholiker war, besser: stets Melancholiker verkörperte. Ich habe Marcello Mastroianni ja nicht gekannt. Und doch war er wie ein Vater für mich. Spätestens seit meinem Lieblingsfilm.

Er sagte es genau so, in demselben hastigen Flüsterton, derselben ungenierten Burschenhaftigkeit, wie mein eigener Vater es auch hätte sagen können. «Sagen Sie, Fräulein», fragte Mastroianni im Film «Che ora è?» die Geliebte seines Sohnes, und nur schon das «Fräulein» war peinlich... «Sagen Sie mal, Signorina, wie ist er, wenn es... Sie wissen schon... zum Äussersten kommt?» Wie sein erwachsener Sohn im Bett sei, wollte der Vater wissen. Eine furchtbare Einmischung, dennoch rührend menschlich: die versuchte Anteilnahme, die zur Dreistigkeit gerät, die väterliche Neugierde, die lieb gemeint ist, aber anstössig wirkt. Und ich schämte mich im Kinosessel, als wäre die Peinlichkeit mir selber widerfahren. Ich verachtete und liebte den Alten, wie man nur den eigenen Vater gleichzeitig lieben und verachten kann. Natürlich war es bloss eine Rolle, aber Mastroianni spielte ohnehin meist sich selbst, und am Ende tat er es tatsächlich: Als Zitat seiner selbst trat er in Federico Fellinis «Intervista» und Robert Altmans «Prêt-à-porter»

auf, und beide Male hätte er einem leid tun können. «Lass gut sein, Vater», hätte man ihm zurufen mögen, wenn er sich als ergrauter Casanova lächerlich machte, noch einmal mit Anita Ekberg in den Trevi-Brunnen, noch einmal mit Sophia Loren ins Bett stieg.
Ganz zuletzt, im Theaterstück «Le ultime lune», das er täglich spielte, solange sein Krebsleiden es zuliess, wurden Mime und Rolle eins. Der Schauspieler Mastroianni gab das Stück über die Tragik eines Alten, der abtreten muss, und das Publikum wusste, dass der Mensch Mastroianni hier seinen Abschied inszenierte. Gerade so, wie er im Film «Stanno tutti bene» als Vater kreuz und quer durch Italien seiner verstreuten Familie und dem Glück hinterhergereist war, bereiste Mastroianni mit dem Stück nun das Land. Als hätte er ein letztes Mal seine siebenundfünfzig Millionen Kinder besuchen wollen. Er war ihr Übervater, war Italiens letzte grosse Integrationsfigur.
Laut wurde er nie, nur ans Brummeln eines traurigen Clowns erinnere ich mich, der stets leicht abwesend wirkte, oft müde, der aber eine Nähe in den Vorführsaal zauberte wie kein anderer Schauspieler. 1996 starb er, und falls Sie sich überhaupt an ihn erinnern, dann vermutlich als einen Latin Lover aus dem fernen letzten Jahrhundert. Ich nehme Ihnen das nicht übel. Aber mir war er mehr, und er fällt mir immer ein, wenn die Tage wieder kürzer werden.

Ein Armreif, himmelblau

Meinen ersten Tag an der Sekundarschule, der Uni, beim ersten Arbeitgeber? Daran habe ich null Erinnerungen. Aber an den ledernen Tornister mit dem braun-weiss gescheckten Kuhfell erinnere ich mich und an den ersten Morgen in der ersten Klasse. Frau Krüger war lieb und alt, schien mir. Doch sie muss blutjung gewesen sein, eben von einem Trip im VW-Bus heimgekehrt, der sie und ihren Liebsten in Hippie-Manier bis nach Nepal geführt hatte. Mit «Namasté» begrüsste sie uns, der Grussformel der Hindus, und legte dazu ihre Handflächen aneinander. Wer könnte nicht eine vergilbte Foto vom ersten Schultag hervorkramen, dem eigenen und jenem der Kinder? Noch sehe ich meinen Sohn vor mir in seiner orangefarbenen Sommerjacke, glühend vor Vorfreude und dennoch mit einem Anflug von Ängstlichkeit. Vor allem aber mit dem Stolz, endlich «ein Grosser» zu sein. Und wehe, die Lehrerin hätte am ersten Tag keine Hausaufgaben gegeben! Denn zu Beginn wollen die Kleinen zur Schule gehen, mit aller Kraft. Allmählich erst wird aus dem Wollen ein Müssen.

Sie fiel mir gleich auf mit ihrem roten Haar und ihrer zärtlich kindlichen Art: Mariagrazia. Tief in Kalabrien, wo das europäische Festland sich verliert, und dann nur noch Meer und Afrika. Es ging gegen Mitternacht, als sie uns Spaghetti alla Carbonara servierte. Nach ihrem Namen habe ich erst später gefragt, und

sie bemühte sich auf beinahe erwachsene Weise, mir statt im Dialekt in richtigem Italienisch zu erklären, weshalb ein so kleines Mädchen spätabends noch in der Trattoria aushelfe. Und dass sie, verschmitzt kam es hinter den herbstlichen Sommersprossen hervor, elfjährig sei. Wie wissbegierig sie war! Sie stellte Frage um Frage. Es war der 4. Oktober, und weil die neuen Schulzimmer noch nicht fertiggebaut waren, war sie nach den grossen Ferien noch nicht in die Schule zurückgekehrt. Die hätte schon Anfang September beginnen sollen. Sie wartete sehnlichst. Später wolle sie das Realgymnasium besuchen, weil ihr grosser Bruder noch die Bücher habe und eine ihrer Tanten dort Sekretärin sei. «Und wenn ich gut genug bin, möchte ich danach an die ‹Università›.»
Sie würde es schwer haben, zumal als Frau, in einem Süditalien, das von Europa immer mehr wegdriftete. Ihre farbigen Armreife gefielen mir, ich durfte einen auswählen, den himmelblauen, und sie streifte ihn mir über die viel zu grosse Hand. In den Schweizer Winter hinein trug ich ihre Entschlossenheit am Handgelenk. Und ihre Sommersprossen.
Grazie, Mariagrazia! Ich wüsste gern, was aus dir geworden ist. Unsere Begegnung liegt siebenundzwanzig Jahre zurück. Zur Schule gehen müssen? Wenn ich an dich denke, Mariagrazia, fällt mir auf, dass es eigentlich ein Dürfen ist.

Der Einschlafkrimi

«‹Ist der Mann mit den Goldzähnen Ihr Chef?› Charly stiess ein höhnisches Lachen aus. ‹Der und Chef. Der tut höchstens mal so …› Als habe er schon zu viel gesagt, kniff er die Lippen zusammen und erhob sich. ‹Wollen Sie schon gehen?›, fragte der alte Mann, und zum ersten Mal kam es Webster zu Bewusstsein, dass er im Augenblick ebenso gefangen war wie sein Gegenüber.» Hier waren wir stehen geblieben, Seite 133. Dramaturgisch betrachtet wäre das ein klassischer Cliffhanger: ein offenes Ende, welches bewirkt, dass man unbedingt die Fortsetzung kennen will. Für uns hiess es aber vor allem: Zeit zum Schlafen.

Abend für Abend lasen wir unseren Kindern vor. Und es war nicht ganz einfach, eine Stelle zum Aufhören zu finden, die spannend genug war, damit sie am nächsten Abend mehr hören wollten, aber doch nicht so aufregend, dass sie die Kleinen am Einschlafen gehindert hätte. Hier waren wir im Krimi «Das unheimliche Haus von Hackston» also verblieben: Ein Gefangener hatte soeben seinen Wärter überwältigt, indem er ihm ein Stuhlbein über den Schädel zog, aber jetzt sassen sie beide fest …

Wir lasen, genau genommen, nicht richtig vor. Wir übersetzten die Bücher nämlich laufend ins Berndeutsche, erzählten sie gleichsam im Dialekt nach: «‹Dr Maa mit de guldige Zähn, isch das öie Scheff?›

Dr Charly het fiis ggrinset.» Und wir tauchten ein in diese erzählten Welten von «Tintenherz» bis zu den «Schwarzen Brüdern», von Doctor Dolittle bis Perry Clifton. Welten, die mich dann auch tagsüber nicht losliessen. Wunderbar! Und er, der Warenhausdetektiv, der lieber grössere Fälle löst statt bloss Ladendiebe zu stellen, hatte es meinem Sohn und mir besonders angetan: Perry Clifton! Grandios, wie der Jugendbuchautor Wolfgang Ecke Jahrzehnte vor Youtube und Google Maps seine Schauplätze recherchiert hatte, eine neblige Hochebene im Norden von London etwa, wo in einem gespenstischen Haus Geigen farbig bemalt wurden, die dann dem Schmuggel dienten. Ecke hatte ein Herz für seine Figuren, besonders auch für die Gauner.

«... und zum ersten Mal kam es Webster zu Bewusstsein, dass er im Augenblick ebenso gefangen war wie sein Gegenüber.» Hier also waren wir stehen geblieben. Dann brach das Vorlesen ab, mitten im Buch. Die Kinder waren grösser geworden, waren abends öfter weg, lasen selber ... Deshalb war auf Seite 133 plötzlich Schluss. Ist nun einige Jahre her. Ich müsste unbedingt mal fertig lesen.

Wobei, ich hatte das Buch schon mal zu Ende gelesen, 1975, als Bub. Aber an den Ausgang kann ich mich beim besten Willen nicht erinnern.

The real stuff

Den Burger meines Lebens ass ich mit J. J. Cale. Ja, wirklich wahr: mit dem grossen J. J. Cale, der die E-Gitarre liebkosen konnte wie kein Zweiter. J. J. Cale, der dank Songs wie «Cocaine», «Magnolia» und «After Midnight» unvergessen ist. Ich traf ihn spätnachts in einer Spelunke namens «The Catalyst». Sein Gesicht war eine Landschaft, tief zerfurcht. Mittendrin, unter buschigen Brauen, stachen die blassblauen Augen hervor, hellwach. Sonst aber sass er gebückt auf dem Holzstuhl, grummelte tief im Gaumen ein paar Worte, die dann wie ein Singen klangen, anschwellend und abfallend: «I'm an old man, you know.» Er sei ein alter Mann. Dabei hatte er seine Lieder kurz zuvor in einer Frische dargeboten, als spielte er sie zum ersten Mal.

Und nun hockte er mir gegenüber, im weissen Shirt mit der Aufschrift «Oklahoma», in Jeans und Cowboystiefeln, trank Wasser, bestellte sich einen Westernburger mit Crevetten, Zwiebeln, Pfefferschoten, «you know, the real stuff», und einer Extraportion French Fries. Ich orderte, halb aus Verlegenheit, dasselbe. Und es sollte der feinste Burger werden, den ich je gegessen habe.

Das war lange bevor der Hamburger zur Trendspeise wurde. Inzwischen muss man für einen saftigen Burger mit richtig gutem Fleisch nicht mehr um die halbe Welt reisen. Allein in unserer Stadt ist ein

Dutzend Restaurants darauf spezialisiert, es gibt den «Bären»- und den «Kreuz»-Burger, selbst Fünfsternehotels setzen ihn auf ihre Speisekarte. Und jeder behauptet, er serviere den «best burger in town»…
Die Welle erstaunt umso mehr, als sie wider den Zeitgeist läuft: Eigentlich ist Rindfleisch verpönt, weil es, krud gesagt, eine schlechte Ökobilanz hat. Die Aufzucht verschlingt zu viel Futter, die Tiere brauchen zu viel Platz und rülpsen und furzen erst noch ein Loch in die Ozonschicht.
Für Bedenkenträger gibts daher den Öko-, den veganen und den Quinoa-Burger.
Aber keiner kommt an das heran, was J. J. Cale «the real stuff» nannte. Jahre nach unserem Treffen war ich wieder an dem Ort. Mit meinen Liebsten diesmal. Seit Wochen hatte ich ihnen in den Ohren gelegen, wir ässen dann den weltbesten Burger, während der ganzen Reise hatte ich sie gluschtig gemacht. Ich nötigte sie zu einem Fussmarsch durch die halbe Stadt, stets betonend, es lohne sich – und als wir endlich vor «The Catalyst» standen, war das Lokal geschlossen.
Vielleicht besser so. J. J. Cale, der Unsterbliche, war zu diesem Zeitpunkt schon tot. Und wer weiss, wie der Westernburger ohne ihn geschmeckt hätte? Wir gingen dann einen Salat essen. Gut fürs Klima.

Boah ...

Ein Kind hat man nicht entsprechend seinen Schulleistungen lieber oder weniger gern, und wir gehören gewiss nicht zu den Eltern, die Noten allzu sehr gewichten und um die Schule ein grosses Trara machen würden. Aber wenn man beim Französischbüffeln geholfen hat, abgefragt und erläutert – so gut man das «Me le, te le, le lui» eben selber noch im Kopf hat –, und zwar alle beide, Mutter und Vater, dann möchte man halt irgendwie schon wissen, wie es dem Sohn in dem Test ergangen ist. Er stürzt nach der Schule in die Küche, heisshungrig, wie es in diesem Alter normal ist, man lässt ihn also erst mal essen und noch mehr essen. Nach einer Weile erlaubt man sich die Frage: «Und im Franz? Gut gelaufen?» Antwort: «Boah ...» – «Wars schwierig?» – «Hmm ...» Man schöpft ihm noch mal, insistiert dann irgendwann: «Wars schwierig?» Worauf er sich zur Antwort durchringt: «Ja.» Als einige Zeit später seine Mutter heimkommt, erkundigt auch sie sich: «Und, Hans? Wie liefs im Franz?» Er, empört: «Mann, jetzt hab ich das schon dem Vati des Langen und Breiten erklärt, jetzt mag ich wirklich nicht noch mal alles im Detail berichten!» Warum ich das hier erzähle? Weil ich glaube, dass er in jenem Moment wirklich vermeinte, schon detailliert über sein Abschneiden Auskunft gegeben zu haben. Ihm selber war ja alles noch präsent. Ausserdem war er froh, den Test hinter sich zu haben.

Wir sind von subjektiven Wahrnehmungen gelenkt. Nur, weil ich Fan eines Frauenfussballteams aus Seattle bin, glaube ich, alle anderen müssten sich dafür interessieren, wie es «meinen» Spielerinnen im Meisterschaftsfinale ergangen ist, und gehe damit meiner Familie auf den Wecker... Und diejenigen, die allen Ernstes per Volksinitiative ein Burkaverbot für unser Land erwirken wollen, fühlen sich womöglich tatsächlich umzingelt von islamischen Familien, die ein so rückständiges Rollenbild pflegen, dass sie den Frauen vollständige Verschleierung gebieten – dabei leben nur knapp einhundert Burkaträgerinnen in der Schweiz, quantité négligeable. Es ist wie damals, als ein Land voller Minarette heraufbeschworen wurde, dabei gibt es ganze vier davon in der Schweiz. Und Aberhunderte Kirchen, allein unsere Stadt zählt achtzig davon. Aber eben, ich meine ja auch zuweilen, alle Welt verzichte heute auf ein eigenes Auto, nur, weil fast alle in unserer Siedlung dies tun.

Sich mit seiner subjektiven Wahrnehmung über andere stellen: Ob das zu verzeihen ist? Nicht wirklich. Aber unserem Sohn schon. Vermutlich hielt er «Boah... Hmm... Ja» tatsächlich für eine überaus ausführliche Antwort, die zu wiederholen er an besagtem Abend schlicht zu erschöpft war.

Das Grosse im Kleinen

Derart Feuer und Flamme war ich von der Kurzgeschichte, dass ich eigens langsamer zu lesen begann. Abend für Abend gewährte ich mir nur wenige Abschnitte, auf dass ich länger würde mitfiebern können, und dehnte die Lektüre so auf eine Woche aus. Auf wenigen Zeitschriftseiten erzählte eine Amerikanerin namens Pia Z. Ehrhardt von Fussballjunioren im flutversehrten New Orleans; davon, wie die Mitglieder eines Teams durch den Wirbelsturm «Katrina» in alle Himmelsrichtungen versprengt wurden; wie sie allmählich wieder zusammenfanden und wie das gemeinsame Ringen ihnen half, über das Geschehene hinwegzukommen. Da ging es um weit mehr als sportlichen Erfolg.

Über «Katrina» hatte ich viel gelesen, nie aber war es jemandem gelungen wie nun Ehrhardt, die Naturkatastrophe – die auch ein politisches Desaster war – so persönlich zu erzählen. Anhand einer kleinen Episode, die auf die grossen Zusammenhänge verweist und aufzeigt, was die schrecklichen Vorgänge von 2005 für die einzelnen Menschen bedeuteten. War das nun Literatur oder Journalismus? Beides. Berührend und doch erbarmungslos präzise.

Und nun kommt das Internet ins Spiel. Viele verteufeln es pauschal. Gerade wieder bereist ein deutscher Professor das Land mit der Kunde, das Web verblöde die Menschheit. Und allerorten vernimmt man die Klage über Computergames, die angeblich aggressiv machten. Eigenartig, niemand stört sich heute noch daran, dass sich Millionen Schweizer und Deutsche jeden Sonntagabend via «Tatort» ein, zwei hübsche Morde zu Gemüte führen. Dabei hiess es in meiner Jugend, das Fernsehen mache dumm und stifte zu Gewaltexzessen an. Doch inzwischen ist, wie mein Schwiegervater zu sagen beliebt, «e nöii Chueh z Dorf ab cho» – es gibt einen neuen Aufreger: das böse Internet. Aber es ist nur ein Medium und als solches weder gut noch schlecht. Wie auch ein Buch, per se, nichts Schlechtes und nichts Gutes ist. Zwischen Buchdeckel liess sich Hitlers «Mein Kampf» pressen, keine erbauliche Lektüre.

Jedes Medium – ob Zeitung, Radio, TV – kann Stuss und Gescheites verbreiten. Und das Internet? Kann ein Segen sein! Womit wir wieder bei Pia Z. Ehrhardt wären. Mittels zweier, dreier Klicks stiess ich auf einen raren Erzählband von ihr, den ich sonst nie gefunden hätte, erhielt ihn wenige Tage später per Post – nun habe ich eine neue Lieblingsautorin.

Klar hätte ich, was ich Ihnen eben erzählt habe, für mich behalten können. Das ist ja das Schöne daran: Sollte ich auch der einzige Europäer sein, der Pia Z. Ehrhardt liest – ich tue es, Web sei Dank, mit Wonne.

Der heilige Francesco

Die 72 000 Karten waren im Nu weg, das Stadion binnen einer Stunde ausverkauft. Und wir reden hier nicht von einem Konzert von Beyoncé, sondern von einem Fussballspiel in Rom: dem letzten, das Francesco Totti bestreiten wird, am 28. Mai gegen Genoa CFC. Der «Capitano», bald einundvierzigjährig, tritt zurück. Nie hat er den Verein gewechselt, fünfundzwanzig Jahre lang blieb er der AS Roma treu, mit ihr wurde er einmal Meister und zweimal Cupsieger. Totti ist der beste Kumpel einer ganzen Stadt. Ein Typ, wie es sie im heutigen Fussballbusiness, das immer mehr Business und immer weniger Fussball ist, nicht mehr gibt ...
Über keinen kursieren so viele Witze wie über ihn. Zum Beispiel: «Tottis Bibliothek abgebrannt! Beide Bücher wurden zerstört. Totti todtraurig: ‹Das zweite hatte ich noch gar nicht fertig ausgemalt.›» Oder der: «Totti setzt ein Puzzle zusammen. Nach vier Monaten hat er es endlich geschafft. Er dreht die Schachtel um, und hintendrauf steht: ‹2 bis 3 Jahre.› – ‹Cazzo! Dann bin ich ja ein Genie ...!›» Stets sind die Witze im Römer Dialekt gehalten, immer ist es Humor der gröberen Sorte, immer darauf anspielend, Totti sei nicht der Hellste ... Drei Witzbücher sind bisher erschienen. Und der Clou: Totti hat sie selber herausgegeben.
«Dölf Ogi sitzt verzweifelt vor einem Kreuzworträtsel: ‹Bundesrat mit drei Buchstaben›? Will ihm

nicht einfallen ... Er fragt seine Frau. ‹Eh, du, dänk!› Und Ogi schreibt: ‹ICH›.» Über welche Bundesräte gibt es die meisten Witze? Über die beliebtesten, volksnahen, über Ogi, Willi Ritschard, «Rüedu» Minger. «1935 klopfte Bundespräsident Minger dem päpstlichen Nuntius zum Abschied auf die Schulter: ‹Et saluez-moi le pape, la papesse et toute la papeterie.›» Der wurde mir so oft erzählt, dass ich nicht mehr weiss, ob er wahr oder nur wahrscheinlich ist. Egal. Er zeigt, wie beliebt Minger war. So wie die Totti-Witze zeigen: In Rom ist der «Capitano» zu Lebzeiten ein Heiliger.

Apropos heilig. Niklaus von Flüe ist wegen seines 600. Geburtstags in aller Munde und wird vom strengen Churer Bischof genauso vereinnahmt wie von den Grünen, von Rechtsaussenpolitikern wie von linken Intellektuellen, von Europagegnern wie -befürwortern. Über diesen von Flüe, der scheints zwanzig Jahre keine Nahrung zu sich nahm und dem in seiner Klause ein Stein als Kopfkissen diente, habe ich in Obwalden einen Witz aufgeschnappt: «Wie ist Bruder Klaus ums Leben gekommen? – Bei einer Kissenschlacht.» Und ehe Sie nun, womöglich in Ihren religiösen Gefühlen verletzt, einen gehässigen Brief aufsetzen: Ist das nicht wunderbar – wie gern die Leute ihren Bruder Klaus haben?

«Wäisch wi cool?»

Nein, dies ist keine Fussball-Kolumne. Ich muss das kurz erwähnen, damit Frau Schmassmann weiterliest, die mir bekundet hat, sie überspringe die Kolumne immer, wenn es darin um Fussball gehe. Was selten genug der Fall ist. Diesmal aber sollte Frau Schmassmann weiterlesen, denn es ist nur eine kleine Geschichte vom Glück.

Elena war ein fröhliches Kind. Keck, klug und eigensinnig. Sie kam regelmässig zu mir zum Mittagstisch. Früh sah man, dass sie eine herbe Schönheit werden würde, aber wer sagt so etwas schon über ein achtjähriges Mädchen? Jedenfalls, ich mochte Elena, ihre Art, ihr dunkles Haar und ihre Handvoll Sommersprossen. Eines Donnerstags nun – ich trug gerade eine leicht angebrannte Lasagna auf – war sie in heller Aufregung: Sie dürfe als «Einlaufkid» einen Nationalspieler ins Stadion begleiten! Dürfe also vor laufender Kamera an der Hand eines berühmten Fussballers ins lichtgeflutete Rund einlaufen und sich dann vor dem Spieler aufstellen, während die Hymne erklinge, und dabei würde sie gefilmt und in Eurovision in zahlreiche Länder übertragen werden. Aus vielen hundert Kindern war sie auserwählt worden. «Wäisch wi cool?»

Elena spielte selber Fussball im Verein, keck, klug und eigensinnig. Sie unterstützte die Schweizer Nati. Viel mehr noch aber verehrte sie den FC Zürich, der damals gerade im Hoch war und Cupsieg an Meistertitel reihte.

«Isch das Schoggi-Sossä?», wollte Elenas Bruder wissen, als ich ihm vom Salat anbot, an den etwas gar viel Balsamico geraten war. Und seine Schwester schwadronierte: «Voll mit eme Nationalspieler!» Shirt, Hose und Fussballschuhe, alles brandneu, dürfe sie danach im Fall behalten. «Wäisch wi cool!» Am Samstag dann schalteten wir rechtzeitig den Fernseher ein, um ihren grossen Moment mitzuerleben. Und sahen Elena an der Hand eines Nationalspielers – der gegnerischen Mannschaft. Eines Finnen. Dabei machte sie ein Gesicht wie sieben Tage Regenwetter.

«Sag mal, Elena, weshalb hast du so hässig dreingeschaut?», fragte ich, als sie wieder zu uns essen kam. Sie hätte denk einen Schweizer gewollt, nicht so einen blöden Finnen, gab sie trotzig zurück. «Himmel, Elena! Hast du es nicht gemerkt?» Sie hatte, am TV deutlich zu sehen, die Hand ihres Helden gehalten, Hannu Tihinen – finnischer Internationaler und Captain ihres geliebten FC Zürich. «Ich habe … was?!» Elena war sprachlos. Und vielleicht lernen wir daraus: Oft ist das Glück da. Aber nehmen, wahrnehmen müssen wir es selbst. Nicht wahr, Frau Schmassmann?

Vertauschte Lorbeeren

«Sie sind schuld, dass ich überhaupt Journalist wurde!», ruft der junge Mann aus, und er ist nicht zu bremsen in seiner Begeisterung darüber, sein Vorbild leibhaftig vor sich zu haben: mich. Weiss nicht, wie es Ihnen geht, aber ich werde ein bisschen verlegen, wenn man mir den Schmus bringt. Daher versuche ich, das Thema zu wechseln … Vergeblich. Der Mitarbeiter einer lokalen Fernsehstation, in deren winziges Dachkammerstudio ich eingeladen wurde, frohlockt schon wieder: «Als Bub wartete ich jeden Donnerstag sehnlichst auf ‹Facts›!» Hoppla, geht mir durch den Kopf, da erinnert sich also einer, dass ich mal fürs Nachrichtenmagazin «Facts» geschrieben habe. «Ich war sooo Fan!», fährt er fort. «Und die eine Kolumne, in der Sie geschrieben haben …»
Kolumne? Ich habe in «Facts» keine Kolumnen geschrieben, denk ich. Und sage: «Sind Sie sicher, dass …» Doch er sprudelt weiter: «… diese eine Kolumne, wissen Sie noch? In der Sie schrieben, alle Schweizer hätten immer einen Velohelm auf – ich hab mich kaputtgelacht …» Und kugelt sich noch heute. «Sind Sie sicher?», hebe ich noch mal an, aber er lässt sich nicht beirren: «Doch, doch, die war von Ihnen!» Vage erinnere ich mich, den Text damals auch gelesen zu haben, fünfzehn Jahre muss es her sein, und er war wirklich saulustig. Aber er war nicht von mir. Sondern von Linus Reichlin, dem heutigen Krimiautor. Da

bin ich mir ziemlich sicher. (Und daheim wird sich meine Ahnung in Gewissheit wandeln: Rasch ins Medienarchiv geloggt, et voilà: «Das Ausland beginnt für mich dort, wo die Leute aufhören, Schutzhelme zu tragen», lautet der erste Satz. Autor: Reichlin, Linus.) Ich versuchs noch mal: «Könnte es sein, dass Sie sich täuschen …?» – «Niemals!» Ich lasse es bewenden, und mir fällt eine Geschichte ein. Als Peach Weber mal eine Bar besucht habe, sei der Beizer aus dem Häuschen geraten: «Dass ich Sie mal in meinem Lokal haben darf! Was für ein Geschenk!» Er geht nach oben, kommt mit einem Stapel CDs zurück, samt schwarzem Filzstift, sogar mit einigen Kassetten, und will sie signiert haben – lauter Werke von Peter Reber. Und was tut Peach Weber, weil er halt ein cooler Hund und ein lieber Kerl ist und die Illusion des Mannes nicht zerstören will? Er unterschreibt jedes einzelne Stück freundlich lächelnd mit: Peter Reber.
So will denn auch ich den jungen TV-Mann im Glauben lassen, sein publizistisches Idol vor sich zu haben. (Und seine Bewunderung schmeichelt mir ja doch, obgleich ich der Falsche bin.)
Aber den Reichlin muss ich jetzt ausfindig machen. Er lebe in Berlin, hab ich gehört. Muss ihm eine Tafel Schokolade schicken, glaubs. Die schulde ich ihm irgendwie.

Abeläse!

Gopf! Jetzt habe die Tochter, erst dreizehnjährig, es doch tatsächlich ausgenützt, dass an diesem Abend beide Eltern aus dem Haus seien, klagte mir letzthin auf dem Land ein Vater; und die Kleine habe sich – wie sie ihm danach per WhatsApp beschied – einfach davongemacht: ans Lotto im Dorf. «Gschäch nüt Schlimmers!», wollte ich schon sagen. Doch ich sagte ...
«Karton im Säli!» Und war sogleich zurückversetzt in den «Jäger», wo unser Turnverein Jahr für Jahr seinen Lottomatch abhielt. Als Jugendriegeler durften wir die Preise vorführen. Und platzten fast vor Stolz. Wir bekamen eine weisse Schürze umgehängt und fassten nach jedem Durchgang im Office hinten je ein Fleischstück, eine Hamme, eine Wurst, ein Laffli – und so oft ich den Ausdruck auch hörte, ich wusste nie, was ein Laffli genau war –, seltener eine Flasche Wein oder ein Brotmesser. Im Gänsemarsch trotteten wir dann durch die Gaststube, zwängten uns an Stühlen und Tischen vorbei durchs volle Lokal und hinüber ins Säli, zeigten an jedem Tisch die Preise her, die es gleich zu gewinnen geben würde: Wurst, Hamme, Côtes du Rhône, Rippli. Zuletzt gings hinten rechts noch ins kleinere Säli. Umgang für Umgang wiederholte sich das, stundenlang, und die Preise gingen nie aus, denn der «Jäger» war Gasthof und Metzgerei in einem.
Gewiss war ich im Verein nicht der mit den schnellsten Beinen; am Barren turnte ich ganz passabel, im

Hochsprung reichte es für 1,75 m, und einmal kam ich sogar an einem Eidgenössischen Turnfest zum Einsatz, 1984 in Winterthur. Vor allem aber war ich derjenige mit dem schnellen Mundwerk. Schon mit zwölf führte ich mit Freund Michel am Unterhaltungsabend Sketche auf, später gab ich den Conférencier. Und, dies war die Krönung meiner Turnkarriere, ich durfte am Lotto «speakern». Durfte mich also hinsetzen, aus einem Säckchen Zahlen ziehen und diese am Mikrofon bekanntgeben, durfte die Preise des nächsten Gangs vorstellen: «Mir hei e schöni Hamme, zwo feini Röicherwürscht, es Laffli, fettfrei...» Und weiss doch bis heute nicht, was ein Laffli ist. War einer mit dem Spielverlauf unzufrieden, reklamierte er laut: «Schüttle!»; ich quittierte: «Schüttle wird verlangt» und schüttelte die Zahlen ordentlich durch, wobei ich das Säckchen dazu nahe ans Mikrofon hielt, damit das Schütteln über Lautsprecher auch gehört würde.

Hatte jemand eine Reihe von fünf Zahlen oder gar die ganze Karte voll – den «Karton», eben –, forderte ich: «Abeläse!» Und die Gewinnzahlen wurden zur Kontrolle noch mal durchgegangen. Speaker am Lotto! Wie gross und erwachsen ich mir vorkam!

Ich hoffe, das Mädchen, das sich unlängst davonstahl, habe einen Preis heimgebracht. Vielleicht ein Laffli, fettfrei?

Ein Samstag wars

Schwer auszumachen, woher der Spruch stammt, aber er ist oft zu hören unter ruchlosen Journalisten. Und von denen habe ich einige gekannt. Einer war sogar mal mein Chef: «Never let the truth kill a good story», pflegte er zwischen zwei Linien Kokain salopp zu sagen, wenn jemand eine Meldung anzweifelte. Frei übersetzt: Es muss dich nicht kümmern, dass eine Story nicht stimmt, solange sie eine geile Schlagzeile hergibt ... Also liess er Gespenstergeschichten in die Zeitschrift rücken. Wer sollte deren Wahrheitsgehalt schon überprüfen? Heute genügt dazu oft ein Klick. Gleichzeitig sorgt das Internet aber dafür, dass Falschmeldungen sich in Sekundenbruchteilen in alle Erdteile verbreiten und auch dann nicht mehr zu stoppen sind, wenn längst erwiesen wäre, dass sie zu gut sind, um wahr zu sein: Immer wieder wird angeblich eine Beere entdeckt, die binnen Minuten Krebs heilt, immer wieder sichtet jemand das Seeungeheuer Nessie, und Popsängerin Rihanna erwartet mindestens Drillinge.

Manche Geschichten freilich sind schlicht zu schlecht, um wahr zu sein. Wie lange hatte ich mir eingebildet, ich hätte das Spiel, in dem mein YB zum letzten Mal die Meisterschaft errang, aus schierem Pflichtbewusstsein verpasst? Jedenfalls lange genug, um es am Ende zu glauben. An dem Donnerstag vor dreissig Jahren, an dem die Young Boys auswärts bei Neuchâtel Xamax eine Runde früher als erwartet Meister geworden seien, an jenem Donnerstag hätte ich im Gemeinderat von Wohlen bei Bern gesessen. So habe ich es herumerzählt. Die Fahrt nach Neuenburg sei mir versagt gewesen. Statt Tinu Weber, Robert Prytz und Lars Lunde beim Siegen zuzuschauen, hätte ich im Gremium, in das ich Monate zuvor gewählt worden war, über die Besoldung einer Schulhausabwartin und den Jubiläumsbeitrag an einen Männerchor debattieren müssen.

Unlängst gebe ich meine Version wieder mal in einer Runde zum Besten, und zwar im Dorf, in dem ich aufgewachsen bin. Worauf Sue aufbegehrt: «Falsch!», der 24. Mai 1986 sei ein Samstag gewesen, kein Donnerstag. Und am Samstag habe der Gemeinderat bestimmt nicht getagt. «Ich war mit meinem grossen Bruder auf der Maladière», schwärmt Sue. Was aber tat ich an besagtem Samstag? Keine Ahnung mehr. Ich weiss nur, dass es das Falsche war. Nicht amtliche Pflicht hinderte mich also, die historische Stunde live zu erleben, nein, ich verschlampte sie ganz banal. Da klang die unwahre Version doch irgendwie besser...

Und was meinen einstigen Chef betrifft: Mit dem Koksen bin ich mir nicht mehr so sicher. Aber wie hiess es so schön? «Never let the truth...»

Let the sunshine in

Der Blick aus einem Bus der Continental Trailways, der einen langen Schatten aufs leicht ansteigende, bräunlichgrün bewachsene Bord neben der Strasse wirft. Das Schlagzeug setzt ein, der rhythmisch geschlagene E-Bass, eine hallende Gitarre, melodierende Trompeten... Und dann diese Frauenstimme: «When the moon is in the seventh house...» Den Filmauftakt werde ich nie vergessen. Ich war vierzehn, und es war das erste Mal, dass ich im Kino einfach sitzen blieb und mir auch die nächste Vorstellung anschaute. Wieder der Blick aus dem Bus, der lange Schatten, diese Stimme: «When the moon...»
Zum ersten, darauf sogleich zum zweiten Mal «Aquarius» gehört, dann die LP gekauft und es zum dritten, vierten, ... fünfundfünfzigsten Mal gehört. «Hair» hiess das Musical. Im April 1967, vor fünfzig Jahren, hatte es in New York Premiere gefeiert, nun kam es in der Filmversion zu uns: 1979. Es erzählte in einer Sprache, die wir kaum verstanden, von einem Krieg, von dem wir viel zu wenig wussten. Es setzte filmisch LSD-Trips um, handelte von Jugend und Auflehnung und Sex und Drogen – alles Dinge, die wir nur erahnten, damals, auf dem Land. Gemeinsam mit Claude, dem unschuldigen Burschen aus Oklahoma, stolperte man durch die Szenerie, mit ihm staunte man über die Scham- und Respektlosigkeit des Kriegsdienstverweigerers Berger, der schliesslich –

tragische Ironie – an Claudes statt nach Vietnam einrückt. In einer Mischung aus Abscheu und Gebanntheit sass ich im Kinodunkel, und wenn ich auch nicht alles mitbekam, so doch dies: dass es um Rebellion ging, Freiheit, Liebe. All das war anziehend, verstörend und unendlich verheissungsvoll.

Und, ehrlich gesagt: Wie diese Beverly D'Angelo – so hiess die Schauspielerin, für mich war sie einfach «Sheila» –, diese Tochter aus besserem Haus, die sich plötzlich mit den wilden Blumenkindern rumtrieb, des Nachts nackt aus dem Teich im Central Park stieg, das war schon ziemlich aufregend.

Einige Male war ich noch im Kino, damals. Doch die Erinnerung trügt mich. Wie der Vater seinen Claude in einem zerbeulten Ford Pick-up zur Haltestelle an der Überlandstrasse bringt, ihm noch einige Dollarnoten zusteckt, wie sie dann ungelenk eine Umarmung andeuten, ehe der Sohn losfährt im silbernen Überland-Bus, wie der Vater noch «Pass auf dich auf!» brummelt, vom Motor übertönt ... Diese zwei ersten Minuten des Films hatte ich nicht gespeichert. Sie waren mir, als ich ihn mir nun nach Jahrzehnten wieder anschaute, völlig neu. Erst mit der Musik setzt meine Erinnerung ein, die in den unsterblichen Refrain mündet: «Let the sunshine in ...»

Und der Schatten des Busses auf dem Strassenbord? In Wahrheit dauert die Sequenz zwei, drei Sekunden, in meiner Erinnerung minutenlang. So sehr muss er mir damals eingefahren sein, der Song «Aquarius», der von Frieden, Völkerverständigung, Toleranz handelt. Sie ist gut gealtert, diese Musik, verdammt gut. Und sie ist aktuell geblieben, leider.

Wer bin ich eigentlich?
(Innerer Monolog eines Vorgesetzten)

«Was läuft hier falsch? Habe ich vielleicht auch noch was zu sagen? Die tanzen mir ja auf der Nase rum. Dabei bin ich der Chef. Alle immer mit ihren Vorwänden. ‹Sabbatical›, ‹Urlaub›, ‹Auszeit› und der ganze Kram... Himmel, ich kanns nicht mehr hören! Sind doch alles Ausreden. Es mag einfach niemand mehr arbeiten. Ich möchte ja ein verständnisvoller Vorgesetzter sein. Muss man schliesslich, heutzutage. Aber die haben vielleicht Wünsche... Da will man einen Termin für die ganze Abteilung vereinbaren, schon gehts los. Steiner gibt vor, er könne mittwochs keinesfalls an einer Retraite teilnehmen, aber was, bitteschön, ist ‹ElKi-Singen›? Und warum kann man das nicht schwänzen? Was hab ich nicht alles hergegeben, um Chief Marketing Officer zu werden! Die erste Ehe in den Sand gesetzt... Meine Kinder kaum gesehen... (Glaubt ihr, mir ist die Vertrautheit nicht aufgefallen, die mein Sohn mit diesem André hat, dem Nachbarn? Furchtbarer Typ. Frauenversteher. Kinderversteher. Hausmann, scheints. Immer so lässig. Und die Kapuzenpullis, die der trägt! Mit sechsundvierzig! Lachhaft.)
Worauf ich nicht alles verzichtet habe! Kaum Ferien gemacht. Nie Freunde getroffen. Wann sass ich das letzte Mal auf dem Rennvelo? Und das Hüsli hab ich mir vom... Laut sagen dürft ich das ja nie, aber:

Vom Arsch abgespart hab ich es mir. Und dann muss ich mir dies hier bieten lassen? Eine kleine interne Tagung zwecks Team-Building und strategischer Positionierung soll es werden, und es lässt sich kein Datum finden? Am Dreizehnten? Muss die Fingerhuth zum Frauenarzt. Am Vierzehnten? Passt es dem Keller nicht. Herrgott, dann soll er halt seinen Goof mitbringen…! Und ich? Wer bin ich eigentlich? Eingepfercht ins Raster meines Stunden-… Was sage ich? Viertelstundenplans. Der Einzige, offenbar, der noch gewillt ist, Leistung zu bringen.
Was heisst hier ‹vorgesetzt›? Man hat mich denen vorgesetzt. Zum Verzehr. Wie eine Nascherei, ein Amuse-Bouche. ‹Könntest du es nicht vielleicht am Neunzehnten einrichten, liebe Sara? Wenn wir dir den Babysitter bezahlen?›, höre ich mich säuseln. Und denke: Selber schuld, hat sie vom Moser dieses Kind bekommen. Ausgerechnet vom Moser! ‹Und wann kommt eigentlich der Ducommun wieder?›, frage ich. (Hatte einen Velounfall, der Lulatsch. Nahm unterwegs einen geschäftlichen Anruf entgegen, war unachtsam… Rammte doch glatt ein Grossmütterchen auf dem Fussgängerstreifen. Und brach sich selber beim Sturz den Schenkelhals. Welch Glück, dass die Kinder im Anhänger, die er grad aus der Krippe geholt hatte, nur Schürfungen erlitten.) Die Lüthi besteht montags auf Homeoffice, Eric hat dienstags

frei… Nun stürmen wir schon eine halbe Stunde über dieses Datum. Das glaub ich gar nicht!
Endlich: der Vierundzwanzigste! Scheint allen zu passen. Wobei, Mist! Da wollte ich doch etwas mit meinem Kleinen unternehmen. Aber wenn ich das denen jetzt sage …»

«*È passato del tempo sembra che è stato un lampo*
Eravamo ragazzi e ora eccoci qua
Con le crisi del caso e gli occhiali sul naso
E un' idea più realista di felicità.»

Lorenzo «Jovanotti» Cherubini

Teure Löcher

«Wann ist man zu alt für zerrissene Jeans?», wurde unlängst in einer dieser Beratungsspalten gefragt. Ich frage mich jeweils etwas anderes, wenn mir im Tram jemand sein blankes Knie unter die Nase hält: Was hat sich wohl die mies bezahlte Arbeiterin in Indien, Bangladesch, China gedacht, welche die neue, fertig genähte Hose zerstören musste? Mit Drahtbürste, Stein und Messer. In einer unklimatisierten Fabrikhalle, wo es nach giftigen Chemikalien und Vogelkot riecht. Was für ein Bild hat diese Person – oft sind es Kinder, die schuften, statt zur Schule gehen zu können – von unserer westlichen Luxuswelt? Träumt sie gar selber davon, eine solch zerfetzte Hose zu tragen?

Und dann frage ich mich zuweilen noch, was der jugendliche Träger, die jugendliche Trägerin solch künstlich schmuddeliger Jeans mir sagen will. «Ich sch…sse auf euren Wohlstand»? Wohl kaum, denn die Hose war teuer. Will er oder sie mit der Fleischschau meinem Auge schmeicheln? Soll es gar verführerisch wirken, sexy? Die Antwort ist vermutlich banal: Man trägt die kaputten Jeans, weil alle anderen es auch tun. Wann aber ist man nun zu alt für so etwas? Ich habe im Verlauf der Jahre eine einfache Formel gefunden: Wer eine Mode schon mal mitgemacht hat, sollte davon absehen, wenn diese wieder aufkommt. Gut, ganz von selbst bin ich nicht daraufgekommen. Es brauchte den Moment am Schulbesuchstag, vor einigen Jahren, da meine Tochter mich in der grossen Pause beiseitenahm und mir ein «Weisch wi piinlech!» zuzischte. Kapuzenpulli, schlabberige Cargohose im Hip-Hopper-Stil – sie hatte recht, ich war zu alt dafür. Ich sollte nicht wie ihre Kameraden daherkommen. Und das mit den absichtlich zerrissenen Jeans? Habe ich erlebt. Schon zweimal. Anfänglich, in den Seventies, hofften wir, dass unsere Jeans durch häufiges Waschen bald verwaschen aussähen und möglichst kaputtgingen, zuweilen halfen wir mit Javelwasser nach. In den 1980er-Jahren dann räkelten sich Popstars wie Madonna und George Michael erstmals in mutwillig zerstörten Jeans, und die Armutspose dieser Jungmillionäre war schon damals eher absurd. Doch der «used look» sollte rebellisch wirken, und er löste eine Modewelle aus.

Von der Kollege Ken erfasst wurde. Wie stolz er war, sich von seinem ersten Stiftenlohn so richtig zerschränzte Bluejeans zu leisten! Dann übernachtete er bei seiner Grossmutter. Beim Frühstück – er noch im Pyjama – bemerkte das Grosi ganz nebenbei: «Ich hab dir dann deine Hosen geflickt! Die waren ja furchtbar löchrig! Sah schlimm aus.»

Es war einmal

«Mobilfunk verboten», steht auf einem Schildchen im Wartezimmer eines Arztes, den ich unlängst aufsuchte. Dazu ein Verbotszeichen im Stile eines Verkehrssignals: mit durchgestrichenem Handy. Nicht «Bitte ...» steht da, «... aus Rücksicht ...» oder «wenn möglich», sondern schlicht: verboten. Punkt. Mir erschliesst sich nicht, ob der Gebrauch eines Smartphones medizinische Apparaturen stören könnte oder ob die Belegschaft der Praxis sich und ihre Patienten vor unnötiger Strahlung schützen will. Vielleicht will sie auch einfach Ruhe. Jedenfalls steht hier klipp und klar: «Mobilfunk verboten». Aber ich muss doch nachher nach Rorschach! Und sollte mittels Fahrplan-App eine Verbindung heraussuchen. Hätte ich vorher tun können, ja. Aber ich habe es versäumt. Da müsste man jetzt ein Kursbuch zur Hand haben.

Nur: Was heisst hier Kursbuch? Drei Bücher sinds, kiloschwer. Die hat man nicht einfach so «zur Hand». Ich weiss, wie schwer die Bände sind, ich hab sie in den letzten Jahren jeweils für meinen Schwiegervater besorgt. Und dann müsste man sie ja auch noch lesen können. Der Schwiegerätti, der kann das. Wenn er eine Reise plant und dabei kühn Bodenseeschifffahrt und «Thurbo»-Regionalbahn kombiniert, wenn er in Visp eine kürzere Umsteigezeit einberechnen will als die vom digitalen Fahrplan vorgegebene, wenn er einen Umweg in Kauf nehmen und dafür die

spektakuläre Aussicht aus dem Postauto geniessen möchte – stets findet er die nötige Verbindung. Als pensionierter Eisenbahner ist er sozusagen vom Fach. Aber, ach, es wird abgeschafft. Nächste Woche erscheint das letzte Kursbuch, drei Bände, 5900 Seiten stark, fast drei Kilo schwer. Es wird zu den Dingen gehören, von denen ich den Enkeln dereinst erzähle: Telefonkabinen, Tausendernoten, Telegramme! Gedruckte Billette, Minibar, Kursbuch! All dies habe es mal gegeben. Verstehen Sie mich richtig, ich jammere nicht. Bin bloss ein wenig nostalgisch ob der Vergänglichkeit der Dinge. Und deshalb werde ich mir am Sonntag, dem 18. Dezember, um 20.03 Uhr den letzten «Country Special» mit Christoph Schwegler und Geri Stocker auf Radio SRF1 anhören. Schweglers Stimme – unvergleichlich. Und stets stellte Stocker, der grösste Country-Kenner östlich des Mississippi, die Sendung kundig zusammen. Nicht, dass sie danach schlechter würde, sie wird einfach anders. Das ist der Gang der Dinge.
Meine Verbindung nach Rorschach? Hab ich dann doch rasch nachgeschaut, im Wartezimmer. Ich habe mich in einem unbeobachteten Moment darüber hinweggesetzt, dass der Arzt dies verbietet. Aber recht hat er.

Mir wird heiss und kalt

Wer hat eigentlich den Winter erfunden? Wer hat befunden, der Anblick von Tannen, deren Geäst sich unter der Schneelast biegt, aber nicht einbricht, sei anheimelnd? Vielleicht dringt, um den Kitsch komplett zu machen, noch ein Sonnenstrahl an den Wipfeln vorbei in den Waldschatten, bricht sich an Schneekristallen und lässt vor unserem Auge ein wundersames, sternförmiges Glitzern erstehen, von hellen Kreisen umrandet.

Kitsch hiesse in diesem Fall: fast zu schön, um wahr zu sein. Vielleicht, dachte ich letzte Woche, als endlich der wahre Winter hereinbrach, vielleicht hat ja jemand dieses Bild gleichsam entworfen, hat jemand in unseren Köpfen festgesetzt, dies sei pure Schönheit. Der Anblick einer verschneiten Bündner Landschaft löste in mir schieres Glücksgefühl aus. Aber früher, überlegte ich mir, muss der Winter in den Alpen furchtbar gewesen sein. Tiere darbten, die Menschen froren, hatten nichts zu essen, sehnten sich nach Wärme und Licht. Ich glaube nicht, dass die schneebedeckten Äste einer Tanne sie frohlocken liessen – dennoch sind sie für mich heute der Inbegriff von Wohligkeit: Mir wird bei bitterer Kälte warm ums Herz. Ich bin ja auch gut verpackt, wie die adretten Abenteurer, die in den Werbespots der Outdoor-Bekleider Wind und Wetter trotzen. Furchtbar taff erscheinen sie – dabei sind sie nur gut ausgerüstet.

Die Bergbauern, früher, hatten keine Thermounterwäsche, kein Gore-tex und keine mit Nanopartikeln imprägnierten Schuhe. Für sie war die Kälte kein «Fun». Ich glaube nicht, dass sie selber auf die Idee kamen, der Winter sei etwas Schönes. Eher haben ihn die Engländer romantisch verklärt. Die befanden ja als Erste, schroffe Felswände, Gletscher und Schneemassen seien «schön». Sie waren es, die unsere Alpen zum winterlichen Reiseziel erklärten.

Vermutlich lenken Überlieferungen unser Empfinden. Und Erinnerungen. In mir werden die wunderbaren Bilderbücher um Tomte Tummetott wach, den Zwerg, der im Mondschein durch die winterliche Nacht tippelt und mit den Tieren spricht. Und der traumhaft verschneite Garten eines Chalets im Berner Oberland, in das unsere Grossmutter uns einst mitnahm. Ich sehe mich vier-, fünfjährig in wollenen Strumpfhosen vor einem lodernden Cheminéefeuer und bekomme ein kuscheliges Gefühl. Was gibt es Schöneres?

Nun gut, noch fast schöner finde ich, wenn das Thermometer auf 51 Grad Celsius steigt. In der Bruthitze Nevadas hab ichs erlebt. Fantastisch! Vielleicht, geht mir in der Bündner Kälte durch den Kopf, mag ich einfach die Extreme. Und ich bestelle eine Ovo. «Eine warme?», fragt die Bedienung. «Nein, eine heisse.»

Es begab sich aber ...

Viele Menschen im Land, stelle ich mir vor, stimmen sich nun, da der Advent anbricht, auf das Erzählen der Weihnachtsgeschichte ein: Lehrer, Pfarrerinnen, Grossväter, Kindergärtner, Alterspflegerinnen erzählen sie Jahr für Jahr wieder und wieder, die Geschichte, die wir alle längst kennen. Sie geht, kurz gefasst, so: Ein Paar – zur Wanderschaft gezwungen, die Frau hochschwanger – sucht unterwegs Obdach und wird überall abgewiesen, bis sich ein Herbergswirt ihrer erbarmt und sie in einer Scheune übernachten lässt, wo dann ihr Kind zur Welt kommt und auf Stroh in eine Futterkrippe gebettet wird.

In dem Jahr, das zur Neige geht, war ich in Frankreich, Italien, Deutschland. Welch Privileg, so oft und frei reisen zu können! Mir fiel in allen Nachbarländern das rauere Strassenbild auf. Der Zustrom von Flüchtlingen, die Armut, die Not – alles sichtbarer als bei uns. Die Afrikaner in der Innenstadt von Lecce, buchstäblich gestrandet in dem gelobten Land, das sich dann nicht als solches erwies. Die Frauen mit Kopftuch, die ihre Habseligkeiten in Plastiksäcken durch Aachen tragen, die Stadt in Deutschlands Westen. Die Kinder mit mattem Blick in der Nähe von Marseille. Offensichtlich sind all die Länder um uns herum mehr betroffen vom Elend der Welt und helfen sie alle mehr mit, es zu lindern.

Und wir, das reiche kleine Land, bleiben nahezu verschont. Das «Asylchaos», von dem ich in Parteiprospekten lese, gibt es in Wahrheit nicht, die angebliche «Flüchtlingswelle» bleibt eine Behauptung. Dennoch heisst es noch immer, unser Boot sei voll. Es gibt sogar einen Nationalrat, der vorschlug, die Schweiz mit Stacheldraht einzuzäunen. (Und vielleicht sollten wir uns, solange wir selber solche Parlamentarier haben, nicht über ein Land lustig machen, dessen neu gewählter Präsident zwischen Mexiko und den USA eine Mauer hochziehen will.)
Bald zünden wir die erste Adventskerze an. Wer weiss, ob ich sie heuer auch wieder erzähle, die alte Geschichte? Einem Grossneffen, einem Nachbarskind. Womöglich sollten wir, wollen wir in der heiligen Zeit nicht scheinheilig sein, die immer und immer wieder erzählte Geschichte beim Wort nehmen und uns erinnern, worum es in der Weihnachtszeit geht: um Barmherzigkeit. Damit es dereinst nicht heisst: «Es begab sich aber zu der Zeit, dass ein kleines, reiches Land Bedürftigen die Herberge verweigerte …» Und sollten Sie nun in Gedanken bereits ein Protestschreiben aufgesetzt haben, dieser Friedli solle das Politisieren lassen: Ich zitiere doch nur aus der Bibel.

Ob es das Christkind gibt?

Stellen Sie sich diese Frau, über neunzigjährig, irgendwo im Nordosten des Landes vor, die sich immer Anfang Woche in eine Migros-Filiale bemüht, sich dort eine Ausgabe der hauseigenen Zeitung vom Stapel holt und noch vor Ort diese Kolumne liest. Also auch heute. «Dann reisse ich die Seite, wenn mir gerade niemand zuschaut, heraus», gestand sie mir unlängst in einem Mail, und den Rest lege sie zurück. Nicht, dass ich die Methode zur Nachahmung empfehlen will, und wir werden auch nicht verraten, um welchen Laden es sich handelt ... Aber schlimm ist das «Vergehen» nicht. Andere nehmen das Magazin wegen der Aktionen mit und werden den Friedli nicht vermissen. Und ich gebe gern zu, dass das Bild mich rührt und ich es nicht mehr aus dem Kopf bringe: wie die alte Frau im Stehen diese Zeilen liest und die Seite dann sorgsam heimträgt. «Zu Hause lese ich alles nochmals in Ruhe und lege den Abschnitt dann in eines Ihrer Bücher», schrieb sie mir. Das hat mich gefreut.

Dennoch hat die Zuschrift mich auch betrübt. «Ich freue mich nicht auf den Advent», stand nämlich weiter darin. Früher sei die Weihnachtszeit besser und schöner gewesen. «Wobei ‹früher› sehr weit zurückliegt – in meiner frühesten Kindheit, da ich noch ans Christkindli glaubte und meine Eltern mir diesen Glauben nicht nahmen.» Bis eine Kindergärtnerin, fast neunzig Jahre ist das nun her, im strengen Ton gesagt habe: «Lena, es git käs Chrischtchindli.» Worauf sie, das kleine Mädchen, weinend nach Hause gelaufen sei.

O doch, das Christkind gibt es, möchte ich dem kleinen Mädchen von damals zurufen: in deinem Herzen. Ich halte mich an meinen Sohn, der zum Thema Osterhase mal – da war er vielleicht fünfjährig – meinte: «Klar gibt es ihn, aber er kommt ‹dänk› nur zu denen, die an ihn glauben.» Ist das nicht ein wunderbarer Satz? Er gilt für den Samichlaus und das Christkind genauso, und er hat bei uns stets funktioniert. Man darf und soll sich die Kindlichkeit bewahren, finde ich, auch und gerade im Alter. Und deshalb gibt es für mich rund um Weihnachten viele sehr schöne und feierliche Momente. Kerzenlichtmomente, Ruhemomente trotz all dem Stress, Kommerz und Gehetze.

Möge es ihr gelingen, der alten Frau aus der Nordostschweiz, die schon so viele, viele Weihnachten erlebt hat, das Mädchen in sich wiederzuentdecken und ans Christkind zu glauben. «Schliessen Sie am Abend des 24. Dezember einfach die Augen», möchte ich ihr sagen, «halten Sie inne, und Sie werden es spüren. Ihre Kindergärtnerin ist bestimmt längst gestorben, und jetzt können wir es ja sagen: Die hatte keine Ahnung! Natürlich gibt es das Christkind.»

Ist Freude erlaubt?

Wir haben uns erlaubt, Weihnachten trotzdem ein wenig zu geniessen. Wenns draussen finster ist und drinnen die Kerzen brennen, empfindet man stärker als sonst, wie gut es ist, ein Zuhause zu haben, nicht wahr? Aber ist es Ihnen auch irgendwie schwerer gefallen, diesmal, sich das feierliche Zusammensein zu gönnen? War dies nicht vielleicht überhaupt das Jahr, in dem uns das Verdrängen zunehmend schwerfiel? Dass wir das Elend anderer ausblenden müssen, um das eigene Leben meistern zu können – das hatten wir längst gelernt. Doch wenn das Elend nah und näher kommt, wenn unweit der Schweizer Grenze unversehens ein Lastwagen voller Leichen steht, wenn ein toter kleiner Bub an einen Badestrand gespült wird, ertrunken, wenn Jugendliche aus unseren Städten in den sogenannten «Heiligen Krieg» ziehen – welch Unwort! Kein Krieg ist heilig –, wenn ein Haufen Wahnsinniger in Paris beliebig Menschen abknallt, dann wird uns bewusst, wie sehr die Welt aus dem Lot ist.

Fast harmlos erscheint da die Frage, die uns vor zwölf Monaten bekümmerte: ob Griechenland aus der Euro-Zone ausscheiden würde. «Grexit» ist längst vergessen, selbst die Erdbeben in Nepal wurden bald zur Randnotiz, der Frankenschock war ein Schöcklein gemessen am Terror, der uns in Angst und Schrecken versetzt hat, gemessen an der Flüchtlingstragödie, die uns ohnmächtig macht. Denn darum handelt es sich, auch wenn das Geschwätz von den «Wirtschaftsflüchtlingen» diese Menschen zu Delinquenten stempeln will: um Abertausende menschlicher Tragödien. Sie flüchten vor Krieg, Armut, Aussichtslosigkeit.

Darf ich Geld spenden und damit mein Gewissen beruhigen? Oder ist das zu billig? Darf ich einen Brief mitunterzeichnen, der die Wohnbaugenossenschaften des Quartiers auffordert, einer Flüchtlingsfamilie eine Wohnung zur Verfügung zu stellen? Oder ist das nur feige, weil es mich ja nichts kostet an Einsatz, an menschlicher Wärme? Würde ich selber Flüchtlinge aufnehmen? Nein. Weil der Platz fehlt, weil es an Zeit mangelt; Ausreden gibts immer. Dennoch denke ich in bangen Momenten: Was antworte ich meinen Enkeln, wenn sie fragen, was ich getan hätte in jenem Jahr. Dem Jahr, da das Verdrängen schwieriger wurde. Wir wussten ja nicht mal, ob wir den unglaublich schönen Sommer geniessen durften – oder die Folgen des Klimawandels fürchten sollten.

Darf man sich überhaupt noch freuen? Über kleine Dinge, Nichtigkeiten gar? Lassen Sie uns die Balance versuchen, im neuen Jahr: Freude zu haben – und doch das Elend der anderen nicht zu vergessen. Zum Anfang hab ich mich schon mal kindlich königlich über die Elvis-Weihnachtsbaumkugel gefreut, die per Knopfdruck wie wild rot zu blinken beginnt…

So reden Männer halt

Ein wunderschöner Ort am Meer wars. Ich lag auf einem Massagetisch, hatte tags zuvor am Fernsehen den Konvent der US-Republikaner verfolgt. Nichts als Häme und Hass war zu hören gewesen. Die Gegenkandidatin, Hillary Clinton, wurde als Hexe verunglimpft, als Lügnerin und Mörderin. Positive Botschaften? Lösungen? Visionen? Hatte der Kandidat der Republikaner keine anzubieten.
«Dieser Trump ...», hebe ich bäuchlings an. «He is gonna save us!», fällt Masseurin Margaret mir ins Wort, «he is a leader!» Ein Retter, ein Anführer sei der. Und das Gespräch, das folgt, macht mir klar: Die Wahrheit spielt keine Rolle. Die Leute sehen in Trump, was sie in ihm sehen wollen. Kleine Leute wie Margaret, vom Leben betrogen: Sie ist über siebzig, muss aber, weil die Pension nirgends hinreicht, noch immer verwöhnte Feriengäste wie mich massieren. Ihren eigenen Sohn? Hat sie seit Jahren nicht gesehen. Er kehrte traumatisiert aus dem Irakkrieg heim, seither fehlt von ihm jede Spur. Der andere Sohn? Lebt sechs Flugstunden entfernt in Arizona und meidet den Kontakt zur Mutter. Ich hätte ihr gern erläutert, wie egal dem Mann, den sie zum Präsidenten wählen wollte, Menschen wie sie sind. Aber sie mochte es nicht hören.
Dieser Jahreswechsel ist auch ein Abschied. Von Barack Obama, den ich gemocht und trotz all der

Kompromisse, die er eingehen musste, stets verteidigt habe; von seinen Töchtern und seiner grossartigen Frau Michelle. Der Nachfolger, dieser Unflätige, wird das wenige, was Obama erreichte, zunichtezumachen versuchen: den Umweltschutz, die Gesundheitsversicherung für alle – gerade für Menschen wie Margaret. Wie verheerend Trumps Wirken fürs Klima und die Weltwirtschaft werden dürfte, haben gescheite Experten längst erklärt.

Eins aber will ich nicht auf uns Männern sitzen lassen. Als «locker room talk» tat Trump seine herabsetzenden, furchtbar primitiven Worte über Frauen ab, als Umkleidekabinengeschwätz. So redeten Jungs nun mal in der Sportgarderobe. Nein und nochmals nein, wir reden nicht so. Meine Fussballkollegen und ich, wir reden beim Umkleiden über Gemüsebrei, Eltern-und-Kind-Schwimmkurse und: «Sag mal, Bänz, wie hast du das jeweils gemacht mit dem Schoppen?» Und als Mitspieler Flo uns nach dem letzten Training vor Weihnachten verriet, er werde im Juli zum ersten Mal Vater – haben wir da vulgär gejohlt? Nein, alle waren gerührt. Es fielen Worte der Zärtlichkeit und des Mitgefühls.

Okay, manchmal reden die Kameraden und ich auch über ihren FCZ und meine Young Boys. Und über unsere Gewichtsprobleme. Aber das tun die Frauen, glaub ich, auch?

Rinke und lechte Socken

An manches werde ich mich auch im neuen Jahr nicht gewöhnen können. Dass meine Sportsocken mit L und R für links und rechts angeschrieben sind, während in die Alltagssocken auch rechts ein L gestickt ist – was «large» bedeutet; das bringt mich immer wieder durcheinander. Dass es zwischen Snow- und Skateboardsaison Tage mit so blödem, nassgrauem Wetter gibt, die für gar nichts zu gebrauchen sind, daran mag ich mich nicht gewöhnen. Und an die 26-jährigen Bürschchen, die den Kragen ihrer Polohemden hochschlagen und denen all die Errungenschaften unseres Landes schnurzegal sind. Solidarität? Zusammenhalt? Rücksicht auf Minderheiten? «Was geht mich das an?», kommentieren sie salopp. Oder, schlimmer noch: «Was habe ich davon?» Andere Werte als materielle sind ihnen fremd, Mitgefühl ist etwas für Schwächlinge. Soziale Fürsorge, AHV, Päcklipost in entlegene Täler, Radioprogramme für Rätoromanen – all das «rentiert» nicht, in ihren Augen.

Im alten Jahr sass ich noch mit einer Schulfreundin zusammen. Einer, mit der ich einst im Hebräisch-Unterricht war und die ich seit Jahrzehnten aus den Augen verloren hatte. Wie hätte ich ahnen sollen, dass sie seit dreiunddreissig Jahren in Jerusalem lebt? Bei einem Tee im Hauptbahnhof hat sie es mir erzählt, ein Zufall hatte uns wieder zusammengeführt. Sie erzählte von ihrer Stadt, diesem ewig umstrittenen

Brennpunkt der Kulturen, der den Juden, Christen und Muslimen heilig ist. Sie erzählte, wie es ist, wenn man als Mutter nie weiss, ob die Tochter lebend von der Schule heimkommt. Und sie erklärte mir, wie falsch wir Westeuropäer lägen, wenn wir meinten, der Nahostkonflikt lasse sich einfach so lösen. Menschen in dieser Region trügen Konflikte in sich und integrierten sie in den Alltag, sagte sie. Eindeutige Lösungen gebe es nicht. Überheblich, wer sich von fern anmasse, das Problem zu lösen.

An solchen Tagen merkt man, wie wenig man weiss und wie vieles man nur zu wissen vermeint. Ich musste an die USA denken, ein Land, das ich oft bereist habe und das von meinen Freunden gern abgetan wird mit «Ach, die dummen Amerikaner!». Was wissen wir denn von deren Denk- und Lebensweise? Amerika ist uns vordergründig ähnlich, dabei müssten wir lernen, dass «a house» kein Haus, «a friend» kein Freund und «a supermarket» kein Einkaufsladen ist. Jedenfalls nicht, was wir darunter verstehen. Und wenn wir schon über Amerika nichts wissen, was wissen wir dann über Asien, Afrika?

Nur eines weiss ich: dass wir in der Schweiz gut daran tun, die Solidarität nicht zu vergessen. Zwischen Alten und Jungen, Kranken und Gesunden, zwischen Zürich und dem Vallée de Joux.

Quels khoga unterländers

Sehr kurz sind sie, seine Skier, und man muss ihm auf den Sessellift helfen. Der Kleine ist mit seinem Vater unterwegs, zwischen ihnen und mir ist auf dem Vierersessel ein Platz leer geblieben. «Was bedeutet das?», will der Bub plötzlich wissen und zeigt nach unten: An einem unbefahrenen Hang hat jemand ein grosses Herz in den Schnee gestapft, vom Lift aus gut sichtbar, darin die Initialen P + P. «Was bedeutet das? Sag!» – «Dass irgendein Junge ein Mädchen gern hat», antwortet der Vater auf Rätoromanisch, «vielleicht ein Paul eine Paula?»

Schweigen. Nach einigen Metern sagt der Kleine, an der Seite seines Vaters sitzend: «Ich kann gar kein Romanisch», und er sagt es, soweit ich das beurteilen kann, in astreinem Sursilvan. «Aber klar doch», entgegnet sein Vater, «klar sprichst du Romanisch: mit der Mama und in der Schule Sursilvan, mit mir und der Nona redest du Engadiner Romanisch.» Der Bub spricht also sogar zwei verschiedene Arten Romanisch, das Idiom der Surselva und Vallader, dasjenige des Unterengadins. Dennoch meint er, kein Romanisch zu verstehen...

Wenn ich durch Laax und Falera gehe, reden die Jugendlichen untereinander Romanisch, an der Schule wird Romanisch gesprochen, und wenn periodisch mal wieder aus einer Zürcher Redaktionsstube der Tod des Rätoromanischen ferndiagnostiziert wird, haben die entsprechenden Schreiber wohl noch nie Liricas Analas gehört, die famosen Bündner, die ihre Texte in Sursilvan rappen. Man fühlt sich als Feriengast einfach wohl hier, wohl und willkommen. Mag schon sein, dass an der Volg-Kasse mal eine Verkäuferin zur anderen sagt: «L'autr'jamna veeinsa puspeei ruaus da quels stria jasters... da quels khoga unterländers!» Nächste Woche seien sie diese Unterländer – gemeint sind wir Ski- und Snowboardtouristen – dann wieder los. Aber sie sagt es auf Sursilvan, und es klingt irgendwie noch «khoga» charmant... Nein, solange meine lieben Bündner noch eine solche Sprachvielfalt pflegen, so lange brauchen wir uns nicht, wie im letzten Heft thematisiert, zu sorgen, die Globalisierung mache alle lokalen Eigenheiten zunichte.

Während der restlichen Liftfahrt plaudert der Sohn munter weiter mit seinem Vater, will dies und das wissen und berät, ob nun die Piste nach Larnags oder diejenige nach Plaun anzupeilen sei. Ich versuche – gwundrig, wie ich nun mal bin –, dem Gespräch zu folgen, schnappe Begriffe auf, reime mir dies und das zusammen. Denn der Kleine redet die ganze Zeit Romanisch, und vermutlich merkt er es selber nicht einmal.

With a little help

Das kommt nicht gut, schon bei der Einfahrt in Landquart ist es abzusehen. Aberhunderte drängen vom Perron in unseren Zug, als wäre der nicht voll genug. Wir waren snowboarden, meine Tochter und ich, und bald ist es mit der Ruhe in unserem Abteil vorbei. Mir gegenüber zieht ein Pummeliger zunächst seine Skischuhe aus, entledigt sich dann der Schneehose und riecht zunehmend ungeduscht. Menschen stehen, sitzen und kauern rund um uns her, am Boden hocken sie, auf Sitzlehnen, kreuz und quer, und lärmen vielsprachig. Eine telefoniert Arabisch, zwei parlieren Französisch, der Rest unterhält sich auf Englisch, bald mit italienischem, bald mit tschechischem Akzent. Dazu reichen sie stinkenden Zigerkäse und deftig riechende Wurst herum.

Die Störung kommt im dümmsten Moment. Meine Tochter sollte nämlich Mathi lernen, blass und hilflos sitzt sie über Formeln gebückt. Vektoren! Ich schäme mich, sie nicht unterstützen zu können. Das Thema schnallte ich schon in der Schule nicht. Nun aber beugt sich derjenige, der soeben seine Hose ausgezogen hat, zu ihr hinüber, ob der mathematischen Kritzelei sichtlich verzückt. Andere gesellen sich dazu, bald erwägen, diskutieren und erläutern sie zu sechst, eine siebte mischt sich ein, allesamt giggelnd, von der mir so fremden Materie magisch angezogen, ja euphorisiert.

Die lärmende und übelriechende Horde entpuppt sich als Gruppe von freundlichen ETH-Fachleuten: Stahlingenieur, Forscherin, Maschinenbauer... Sie referieren so selbstverständlich über Vektoren, wie ich über Themen referieren würde, die mir lieb sind: Frauenfussball, Blues oder das Zubereiten einer Gemüsewähe. Sie spornen meine Tochter an, die Knobelei spielerisch zu nehmen: «It's a puzzle!», «It's a game!», «It is so much fun!», überbieten sie sich gegenseitig. Und da Mathematik an ihrer Klasse – welch Zufall! – auf Englisch unterrichtet wird, versteht sie jeden Fachbegriff. Mehr noch: Sie bekommt in dem ganzen Trubel allmählich Freude an der Mathematik, ihr gelingt dies und das. Und ich lerne, dass man Menschen nie nach dem ersten Blick beurteilen sollte. Dass die scheinbar unangenehmste Situation zu Augenblicken des Glücks führen kann. Und dass die Welt vermutlich beides braucht: Stahlingenieure und Sachkundige für Gemüsewähen.

Wie sie denn heisse, fragt der bebrillte Pummelige meine Tochter zum Abschied. «My name is Anna Luna», sagt sie. Darauf er: «My name is Jesus.» Gelächter, Kunstpause. Dann die Erklärung einer Kollegin: Der Kerl heisse wirklich so – Jesús, spanisch ausgesprochen, aus Mexiko. Und sollte ihre Mathiprüfung ausnehmend gut ausfallen, kann Anna Luna ihrem Lehrer ja bescheiden: «Jemand hat mir beigestanden: Jesus.»

Herzbube, chancenlos

Nie im Leben hätte er – wir nennen ihn hier Res – sich im Web nach einer neuen Liebe umgeschaut. Der doch nicht! Kontaktfreudig und jovial, wie er ist. So oft, wie der unter die Leute kommt! Bei so vielen Frauen, wie er ihnen in seinem Berufsalltag begegnete …! Und überhaupt: Res sehnte sich in jener Zeit gar nicht nach einer Partnerin. Er hatte es gut unter einem Dach mit seinen bald erwachsenen Söhnen. Eine Männer-WG, sozusagen. Bis eines Tages einer der Söhne aus dem Haus eilte und ihm über die Schulter zurückrief: «Papa, kannst für mich weiterjassen?» Weiterjassen? Im Internet, auf einer Site, wo Wildfremde mit Wildfremden in aller Welt das helvetische Kartenspiel pflegen: Schieber, Differenzler, Coiffeur, was auch immer. Res also setzte sich an den Computer seines Sohnes und spielte die angefangene Partie weiter. So etwas hatte er noch nie gemacht, und gegen die unbekannte Jasserin – Webname: Susann – hatte er keinen Stich. Auch im nächsten und übernächsten Spiel nicht. Der Nachmittag ging schon zur Neige, als Susann ihn in der Chatfunktion fragte, wie alt er eigentlich sei. «Meinst du jetzt mich oder ihn?», tippte Res ein. «Wie ‹ihn›?», kam es zurück. Und er musste sie aufklären, dass sie mit zwei verschiedenen Männern gejasst habe, mit einem Jüngling und mit ihm, dem mittelalterlichen Vater. Im Jassjargon: mit Bube und König.

Susann sass zu dieser Zeit in Ungarn, wo sie sich ein Haus gekauft hatte. Eine Weltenbummlerin. Zuvor hatte sie schon im Mittleren Westen der USA gelebt. Nur durchs Jassen blieb sie der Heimat verbunden. In den folgenden Wochen verabredeten sich die beiden immer öfter zum Jassen im Netz. Res erzählte seinem Sohn nichts davon. Auch nicht, dass in diesen Spielstunden immer weniger gejasst und immer mehr «geplaudert» wurde. Schriftlich, über viele Tausend Kilometer hinweg. Bis die beiden sich in Wien trafen, und es war Liebe auf den ... Nicht auf den ersten Blick, nein. Die Liebe war in diesem Fall schon vor dem ersten Blick entflammt. Dass Susann und Res an jenem Abend ein Doppelzimmer nehmen würden, lag auf der Hand.

Seither sind viele Jahre vergangen. Susann und Res sind unzertrennlich. Sie zog zu ihm, fand einen Job, die Söhne sind längst ausgeflogen. Eben haben die beiden eine schöne neue Wohnung mit Sicht über die Stadt bezogen. Manchmal, abends, holt Susann die Jasskarten hervor. Res und sie setzen sich zu einem Spiel hin, trinken ein Glas Wein und lachen über sich selbst. Im Jassen hat er noch immer keinen Stich.

Es bärndütsches Gschichtli

«Uuuh, da'sch mir i d Chnöde glöötet», sage ich seufzend. – «Totemügerli», kommts prompt von unserem Sohn. Und daran ist zweierlei bemerkenswert: dass er die alte Kabarettnummer kennt und dass mir nicht bewusst war, woher der Ausdruck sich in mein Vokabular geschlichen hatte.

Jagt einem etwas einen Schrecken ein, dann löötet es i d Chnöde. Jeder versteht das. Obgleich der Ausdruck eigentlich gar nichts bedeutet. 1967 fantasierte Franz Hohler in «Es bärndütsches Gschichtli» lauter Wörter herbei, die zwar berndeutsch klangen, aber frei erfunden waren. Längst ist die Nummer vom «Totemügerli» so populär, dass man ihr die grosse Kunst nicht mehr anhört. Und vom ersten Moment an war sie so lustig, dass keiner merkte, wie präzise Hohler, der Oltner, sich des Berndeutschen angenommen und unsere Soumödeli blossgestellt hatte: die sprachlichen Eigen- und Albernheiten, die wir Berner pflegen; unsere Angewohnheit, selbst das Schauderhafteste noch mit -li zu verkleinern; unsere Unart, noch im Fluchen härzig, noch im Grauslichen niedlich zu klingen.

Hohler, ein Slam-Poet avant la lettre.

Gewiss, das «ugantelige» Geschichtlein war auch eine Hommage ans Berndeutsche, das dank der Gotthelf-Hörspiele von Radio Beromünster zum nationalen Leitdialekt geworden war. Vor allem aber machte Hohler sich lustig über das Idiom, in das die meisten, die es sprechen, geradezu vernarrt sind. Und was taten wir Berner? Übernahmen seine Wörter einfach. Nicht aus Trotz, sondern weil sie so vortrefflich geschöpft waren, so lautmalerisch, dass sie sich in die Sprache fügten. «I verminggle dir ds Bätzi, dass d Oschterpföteler ghörsch zawanggle!» wurde als Drohung gebräuchlich, «es schnäggelet mi aa» gehörte alsbald zur Umgangssprache, meine Schwester erwähnt noch heute gern, wie «dr Schibützu dür ds Guchlimoos uf pfuderet». Und «es ganzes Chaussignon voll» muss für meine Kinder wie all die anderen welschen Lehnwörter klingen, die ihr Vater nun mal verwendet: Lavabo für Waschbecken, Brangschli für Schoggistängel, Lavettli für Waschlappen …

Eine unsterbliche Kabarettnummer. Bestimmt war Hohler ihrer zuweilen müde, denn er hat zahlreiche andere saugute Texte geschrieben. Aber welcher Künstler kann sich schon rühmen, etwas geschaffen zu haben, das zum Volksgut wurde? In meiner Jugend war in jedem Lager derjenige der Hirsch, der am Lagerfeuer oder abends vor dem Skihüttenkamin das «Totemügerli» vorzutragen wusste. Und was macht unser Sohn, neunundvierzig Jahre nach Erstveröffentlichung? Er lernt den Sketch fürs nächste Pfadilager auswendig.

Wetten, dass es den anderen, wenn er ihn dann spätnachts vorträgt, i d Chnöde löötet?

Reif für die Reifeprüfung

Das sind mir noch Schlagzeilen: «Schneider-Ammann will härtere Matura»! Da findet also der Bildungsminister die Abgängerinnen und Abgänger unserer Gymnasien zu schwach und fordert, es solle künftig nicht mehr möglich sein, eine schlechte Mathematik- oder Deutsch-Note in anderen Fächern zu kompensieren. Von Studienreife, doppeln die Leserbriefschreiber nach, könne bei den heutigen Maturanden keine Rede sein.

Zufällig bin ich Vater einer Maturandin. Und staune seit Monaten, was sie und ihre Kameradinnen und Kameraden alles leisten. Allein schon die Resultate ihrer individuellen Maturitätsarbeiten – die gab es zu unserer Zeit noch nicht – überwältigten mich: Ein eigens komponiertes Kindermusical gab es, eine Untersuchung des albanischen «Ehrenmords», einen Dokumentarfilm über ein blindes Ehepaar, eine «Kritische Diskursanalyse, angewandt an der Brasilien-Berichterstattung der NZZ während der Amtszeit des Präsidenten Emílio Garrastazu Médici» (und der Titel verrät schon das Niveau). Einer schrieb einen Fantasyroman, eine Schülerin liess Testpersonen Insekten essen. Nebenbei sind diese jungen Menschen Pfadileiter, sie musizieren, sind politisch engagiert, betreiben Sportarten wie Streethockey und Lacrosse, probten in ihrer Freizeit eine hinreissende Aufführung des Theaterstücks «Peer Gynt» ein...

Und dann wäre da noch die bevorstehende Prüfung. Mir wurde schon ob der Literaturliste schwindlig: Zwanzig Werke muss unsere Tochter präsent haben. Bei mir waren es 1984: ein Buch von Franz Hohler, eines von Otto F. Walter und ein schmales Bändchen von Hans Magnus Enzensberger, fertig. Das Gerede von der heute allzu leichten Matur ist Humbug.
Sie, Herr Schneider-Ammann, haben ja Elektrotechnik studiert. Das wäre mir nicht in den Sinn gekommen. Meine Maturnote in Mathematik war ein Zweier, aufgerundet. Ich hätte mich doch nie im Leben an der ETH eingeschrieben! Und es wird sich auch künftig kein Rechenmuffel für eine Technische Hochschule und kein minder Sprachbegabter fürs Literaturstudium anmelden, dazu braucht es keine strengere Regelung. Und vor allem keine Panikmache, die Schüler seien zunehmend schlecht in Mathematik und Sprache. Am Besuchstag sah ich sie unlängst Integrale berechnen; in der nächsten Stunde debattierten sie «Brave New World», die düstere Zukunftsvision von Aldous Huxley – auf Englisch. Wahr ist: Diese jungen Menschen sind viel reifer und gewandter, als wir es waren.
Im Übrigen, geschätzter Herr Bundespräsident, wenn ich an Ihr Französisch und meine mangelnde mathematische Begabung denke – ich bin mir nicht sicher, ob wir beide heute eine Matur bestehen würden.

Gilt das noch, heute?

«Komm, wir machens wie früher!», frohlockte Jean. «Wir machen ab, und dann gilt es. Wir tragen es in die Agenden ein: Datum, Ort, Zeit. Und am Tag selber fragen wir nicht noch mal nach, ob und wann und wo wir uns nun träfen...» – «Abgemacht», antwortete ich. Und wir verabredeten uns auf einen Dienstag um 19 Uhr im Restaurant «Hardhof», volle elf Wochen zum Voraus.

Würden wir durchhalten? Würden auch beide zur vereinbarten Zeit dort sein? Spannend wars und ungewohnt, weil heute viel kurzfristiger abgemacht wird, oft mit der Bemerkung: «Wir können ja dann noch schauen, wie und wann genau...» Per WhatsApp, Facebook-Message und Mail erfolgt dann die Feinabstimmung, meist ein mühseliges Hin und Her. Und oft genug ereilt einen – im dümmsten Fall, wenn man schon am Treffpunkt steht – die Absage des anderen: «Du, sorry, geht länger hier im Büro... Ein ander Mal!» All die neuen Kommunikationsmöglichkeiten haben vor allem zu einem geführt: Unverbindlichkeit. Wers nicht glaubt, soll mal versuchen, von einem Teenager bereits am Donnerstagabend zu erfahren, wie dessen Programm für Freitagabend aussieht.

Diesmal liess ich das Nachhaken bleiben. Ist ein blöder Reflex, den wir uns alle antrainiert haben, sagte ich mir. Notfalls trinkst du halt ein Amber, und wenn

Jean nicht auftaucht, gehst du wieder heim. Er aber hat nicht durchgehalten. Früher Nachmittag wars an jenem Dienstag, als er sich per SMS erkundigte, ob die Verabredung noch gelte. Am Abend dann, im «Hardhof», lachten wir darüber. Und schworen uns, es beim nächsten Mal ohne vorherige Rückversicherung zu schaffen. Indianerehrenwort! Heiliges Indianerehrenwort! (Wenn Jean schon einige Gläser getrunken hat, neigt er zum Pathos. Deshalb das «heilige» Ehrenwort. Da ich meist beim Amber bleibe, bestellt er für sich allein eine Flasche Wein, und wenn die dann zur Neige geht ...)

Erneut abgemacht, auf letzten Montag, wieder im «Hardhof». Jean schien der Sache nicht zu trauen, doch er wusste: Nachfragen geht nicht. Er hat es dann elegant gelöst. Um 13.06 Uhr schien seine Nachricht auf meinem Screen auf: «Heut Abend trinken wir noch auf Gregg Allman, gell ...», spielte er auf den Tod des legendären Musikers an, wissend, dass wir ein Flair für die Rockgeschichte teilen.

«Oh ja», schrieb ich zurück. «Und auf Jimmy LaFave und Chris Cornell!» Zwei weitere Musiker, die in der Woche davor verstorben waren. Keiner von uns schrieb: «Gilt das noch, heute?» Und doch wussten wir nun beide mit Sicherheit: Er wird da sein. Es gibt viel zu bereden. Wie früher.

Täglich eine Tafel Tschöö

Nicht, dass Vater ein Schläger gewesen wäre, jedenfalls nicht mehr als alle Väter seiner Zeit. Aber er drohte Schläge an: «… Oder i tunze dir eis!», sagte er, um uns Beine zu machen. Und wir verstanden das Wort aus dem Dialekt seiner Jugend, dem Mattenberndeutschen. «Eis tunze» bedeutete: eine runterhauen, einen Chlapf zum Gring geben. Wörtlich: eins geben.

Zwar stammte er aus der Oberstadt, aber der Slang des Quartiers drunten an der Aare war beliebt unter den Jugendlichen der Vorkriegsjahre, weil er ein bisschen verrucht war. Die Mätteler galten als verwegene, ja rebellische Kerle. Das gefiel auch meinem Vater Klaus, den sie «Chlüder» riefen. In der Matte pflegten und pflegen sie eine lokale Sondersprache, wie es sie auch an anderen Orten im Land teils noch gibt: in der Freiburger Unterstadt, in einzelnen Basler Quartieren, in Bosco/Gurin und im Welschland, wo mancherorts ein lokales Patois gesprochen wird, bei dem Auswärtige nur Bahnhof verstehen.

«Tunzen», wie gesagt, hiess «geben». Das brachte Vater dann auch uns Kindern bei; «Tunz mir e Ligu Lehm!» bedeutete: «Gib mir eine Scheibe Brot!» Er liess den Ton seiner Jugend in unseren Familienjargon einfliessen. Zwar wohnten wir auf dem Land, aber wenn wir mit dem Postauto in die Stadt fuhren, hiess es, wir gingen «i d Schtibere», um in der Aare zu baden, «i d Aare ga bajie». Ein Pferd war «e Gleber», «techle» hiess laufen, und wenn man sich etwas anschauen wollte, ging man «ga dr Nisch näh». Wir «Giele» und «Modi» übernahmen Vaters Ausdrücke, und was ein Giel und ein Modi ist, wissen bestimmt auch Sie.

Jahrzehnte später, Sie ahnen es, gab ich die uralten Wörter an die eigenen Kindern weiter, wiewohl sie fern der Heimatstadt aufwachsen. Nur bin ich mir bei manchen Ausdrücken nicht mehr sicher, ob die überhaupt ausser mir und meinen Geschwistern noch jemand verstünde? «Es Rääli» – war das nun Mattendialekt oder nur Friedli'scher Familienslang für «Restaurant»? Und wenn ich es mir recht überlege, habe ich nie im Leben jemand anderen «Tschöö» zur Schokolade sagen gehört ausser meinen Vater. Er ass täglich mindestens eine Tafel Tschöö. So vertraut ist mir der Begriff, dass ich ihn noch heute verwende. Unsere Kinder finden mich dann wohl so kurios altväterisch, wie ich damals meinen Vater fand.

Geschlagen? Habe ich sie nie. Aber das eine oder andere Mal wird mir – weil man gemeinhin die eigenen Kinder just mit dem nervt, mit dem einen einst die Eltern nervten – die Drohung rausgerutscht sein: «… oder i tunze dir eis!» Sollten die Kinder es verstanden haben, wussten sie wenigstens, dass ich es nicht ernst meinte.

Das verstönds nümme

Nach «Gufe» hätte ich im Laden vergebens gesucht, sage ich an der Migros-Kasse, und noch ehe der Kassier antworten kann, raunt in der Warteschlange hinter mir eine Frau, vielleicht Mitte sechzig: «Das verstönds nümme...» Ich hatte ja eigentlich auch nicht «Gufe» sagen wollen, denn der Ausdruck scheint mir spezifisch berndeutsch, und als Berner in Zürich bin ich es gewohnt, Untertitel zu machen, damit die Leute mich verstehen. Längst habe ich gelernt, dass «e Schaft» hier «en Chaschte» ist, dass man zum «Gröibschi», dem Kerngehäuse des Apfels, «Bütschgi» sagt und dass eine «Gufe»... Mist, da will mir kein passendes Wort einfallen! «Ähm, also zum Nähen, wissen Sie, bräuchte ich... eben: ‹Gufe›...» – «Das verstönds nümme», wiederholt die Frau hinter mir in der Schlange, diesmal lauter. Ich drehe mich zu ihr um und sage: «Mir fällt das züritüütsche Wort grad nicht ein. Dass er mein ‹Gufe› versteht, durfte ich ja nicht erwarten.» – «Doch, doch», erwidert sie, das habe man früher schon auch in Zürich gesagt. «Aber das verstönds nümme.»

Wir sind ein kompliziertes Land. Niemand versteht mehr Dialekt, aber alle gebrauchen ihn. Mails, Tweets und WhatsApp-Nachrichten werden ja meist in Mundart verfasst. Und ich mache mir dann einen Sport daraus, ein «geisch sunnti o yb mätsch?» in korrekter Schriftsprache zu beantworten, mit mir lieben

Satzeichen wie dem Strichpunkt, mit Gross- und Kleinschreibung und selten gewordenen Ausdrücken wie «stracks» (wobei ich es nicht versäume, zuvor im Online-Duden auf meinem Handy stracks nachzuschauen, ob es «straks» oder «stracks» heisse).

Aber, ach, es nützt nichts, sie antworten mir ja doch alle wieder dialektschriftlich. Selbst mein Neffe Nils, im Bernbiet als Deutschlehrer tätig, schreibt seine Mitteilungen immerzu in Mundart: «Lueg mal, dr nöischt!», heisst es dann, wenn er mir wieder mal eine Stilblüte aus seiner Schülerschaft meldet. In der Biologieprüfung war die «Fransenschildkröte» gefragt. Arjona notierte: «Transenschildkröte.» Im Fach Geschichte stellte Nils die Frage: Warum traten die USA in den Zweiten Weltkrieg ein? Antwort des Schülers Raakesh: «Japan greifte Perlharper an, dann kassierten sie von USA. Die schickten noch ein Atombomb auf Fukushima …» Beinahe richtig.

Endlich fällt mir das deutsche Wort ein, nach dem ich gesucht habe wie nach einer … Dings im Heuhaufen. «Stecknadeln!», sage ich zum Herrn an der Kasse, der mich unvermindert irritiert anschaut und nun fragt: «Cumulus?» – «Stecknadeln.» Der Ratlose fragt eine Kollegin. «Hey, Pujic!», ruft er, sie nur beim Nachnamen nennend, quer durch die Filiale, «Pujic! Hämmer Stecknaadel?» – «Klar, hämmer Gufe», gibt sie zur Antwort und zeigt sie mir. Auf Frau Pujic ist eben Verlass.

Im falschen Film

Kind wälzt sich im Supermarkt am Boden, Mutter oder Vater stehen fassungslos daneben. Man kennt es aus schlechten Filmen, und es ist der erzieherische GAU. Denn das Kind, täubelnd und schreiend, zieht alle Blicke auf sich, und als Eltern steht man auf jeden Fall blöd da. Entweder denken die Leute, man habe den Goof nicht im Griff. Oder sie bemitleiden das arme Hämpfeli und sind sich sicher, dass man es mies behandelt hat.
Überforderter Vater! Rabenmutter!
Und man möchte vor Scham im Boden versinken.
Der bedauernswerten Yvonne ist es passiert. «An der Kasse musste ich meinen Sohn etwas unsanft in die Schranken weisen, da sein Getäubele sonst komplett ausgeartet wäre», erzählt sie mir, «worauf er sich auf den Boden warf und weiterheulte.» Sie wähnte sich im falschen Film. «Wenigstens konnte ich in der Zwischenzeit alle Lebensmittel einpacken...» Dann aber, unvermeidlich, geschah das Schreckliche. Der Bub wälzt sich noch immer am Boden. «Eine ältere Frau ging zu ihm hin und fragte ganz mitleidig, was er denn habe.» Yvonnes Kleiner stösst unter Tränen hervor: «D Mama hed mich tschuupet!» Sie ahnen, was nun kommt: «Die Frau drehte sich zu mir um, und ich wusste: Super, jetzt gibts eine Standpauke zum Thema Erziehung...!»

Die Besserwissergrosis, ein verbreitetes Phänomen. Strafen einen mit Blicken, bücken sich zum trötzelnden Kind hinab, belohnen es mit genau der Aufmerksamkeit, die es gewollt hat: «Jöö, du arms Tröpfli, duu! Hätt dir s Mami käis Schöggeli welle chaufe? Chumm, ich schänk dr äis», greifen sich Süssigkeiten aus der Ablage – denn dazu liegen die ja immer an der Kasse aus, die Süssigkeiten: damit alte Damen die Gutmütigen spielen können – und bringen es tatsächlich fertig, das Kind zu trösten.

Yvonne ist aufs Ärgste gefasst. Die Alte packt sie fast am Kragen, öffnet den Mund und sagt: «‹Tschuupe!› Dieses Wort habe ich seit Ewigkeiten nicht mehr gehört. Das finde ich ja wunderschön, dass solch junge Menschen es noch kennen!»

Und ich weiss jetzt, was Yvonne, die aus dem Zugerischen stammt, mit «etwas unsanft in die Schranken weisen» meinte. Allerdings erst, nachdem ich es im Schweizerischen Idiotikon nachgeschlagen habe (Grandios! Das monumentale Mundartwörterbuch gibts neu online!). Da steht unter «tschüpe»: «Beim Schopf packen, an den Haaren ziehen, zerzausen.» Und mir fiel das «Struble» aus meiner Kindheit ein, das «Grännihaar», und wie ich manchmal im Supermarkt ... Vergessen wirs!

Sie verfolgt mich

Larissa steht neben mir an der Tramhaltestelle, diese eingebildete Geiss aus gutem Haus, rothaarig, bleich, dezent, aber teuer gekleidet. Sie findet sich schön, und ich kann mich gerade noch beherrschen, es ihr nicht zu sagen: wie sehr ihre blasierte Art und das Getue mit ihrer Klangschalentherapie mir auf den Geist gehen. Ist auch besser, dass ich mich beherrsche, denn die rothaarige Unbekannte, die nun in den 14er steigt, kann ja nichts dafür, dass sie mich an die sommersprossengesprenkelte Schönheit erinnert, die mich verfolgt: an Larissa.
Was heisst «erinnert»? Es gibt keine Larissa. Sie haust nur in meiner Vorstellung. Sie ist eine Romanfigur aus «Oberkante Unterlippe», einem Buch, das ich diesen Sommer verschlungen habe. Das Problem an Büchern ist, dass sie mich nicht loslassen. Ich lese langsam und lerne sie dafür förmlich auswendig, ich wohne in ihnen und halluziniere dann mit ihrem Personal durch den Tag. In den grossen Ferien las ich – Rekord! – fünf Bücher; zwei davon handelten in Ostdeutschland, vor und nach der Wende. Der Zufall wollte, dass ich gerade durch diese Gegend unterwegs war und an jeder Ecke einem der liebenswerten Verlierer aus «Beste Absichten» zu begegnen, überall auf Zeichen aus der Zeit zu stossen vermeinte, in der Deutschland wieder eins wurde.

Mehr noch: Seither sehe ich überall DDR-Plattenbauten, selbst in Zürich-Affoltern. Bücher werden für mich plastisch, und wenn ich in kurzer Zeit viel lese, beginnen Figuren und Kulissen zu verschwimmen. Ich stehe auf der Werdinsel und bin mir nicht mehr sicher, ob ich nun auf Rügen oder auf Raymond Island östlich von Melbourne bin ... «Zwei Leben» heisst das Buch, das dort handelt, was irgendwie passt, denn in mir mischen sich das angelesene und das wirkliche Leben.

En famille waren wir dann übrigens noch einige Tage in einem einsamen Waldhaus nahe der dänischen Küste. Diese Ruhe! Ich habe mich wunderbar erholt. Nicht so meine Frau und meine Tochter. Beide haben sie schon unzählige nordische Krimis gelesen. Stieg Larsson, Jussi Adler-Olsen, Arnaldur Indriðason – ich kenne keines der Bücher, liess mir aber sagen, wenn man alle isländischen Krimitoten zusammenzähle, hätte die Insel längst keine Einwohner mehr. Für sie, Frau und Tochter, sind skandinavische Nächte düster. Jedes Knacken eines Ästleins, jeder Regentropf aufs Flachdach liess sie aufschrecken in der Angst, ein blutrünstiger Irrer streiche ums Haus. Derweil schlief ich selig. Nur, dass mir im Traum diese überhebliche Schnepfe erschien, Larissa.

Thanks for sharing

Es klingelt, und weil es bei uns zwei unterschiedliche Klingeltöne gibt, je nachdem, ob jemand drunten vor der verschlossenen Haustür oder bereits vor unserer Wohnung wartet, weiss ich: Das ist ein Nachbars-, kein Fremdklingeln. Also kein Paketpöstler, kein Monteur, keine Zeugen Jehovas; ich kann die Tür öffnen, wie ich grad bin, zerzaust, im Unterleibchen, wie auch immer. Denn vor der Tür steht – ahnte ichs doch! – ein kleiner krauser Blondschopf, der Finn vom unteren Stock: Ob er zwei Zitronen haben dürfe, sie würden drum Zitronenguetsli backen.

Er und sein Vater haben öfter solch spontane Ideen, mal fehlt dann halt ein Ei, mal Milch, mal Butter. Kein Problem, umgekehrt hole auch ich bei ihnen jeweils Reis, eine Zwiebel oder was ich sonst einzukaufen versäumt habe. Finn bittet also um zwei Zitronen, und ich bin selber baff, dass wir noch zwei Stück vorrätig haben.

Nachbarschaft ist etwas Wunderbares. Man hat sie sich ja nicht ausgesucht. Dennoch helfen wir uns, wo es geht, giessen Pflanzen, organisieren Mittagstische, leihen einander das Leiterwägeli aus, um etwas in die Sperrgutabfuhr zu transportieren, und geben Kinderkleider weiter. Vielleicht haben wir Glück, aber: Unsere Nachbarschaft ist eine arschlochfreie Zone. In vollen zehn Jahren gab es bei uns nie Streit um die Waschküche. Nie! Und das bei zwei Maschinen

auf neun Parteien. Im Gegenteil: Man springt ein, hilft sich aus, hängt schon mal jemandem die Wäsche auf, wenn er sie in der Trommel vergessen hat, und legt Getrocknetes zusammen.
Gute Nachbarschaft ist unspektakulär, wie alles Wichtige im Leben.
Wundern Sie sich deshalb nicht, dass ich vorigen Sonntag, statt das Fussballspiel Basel–YB schauen zu gehen, ein ungezwungenes Grillfest mit den Nachbarinnen und Nachbarn veranstaltete. Zuerst bemalten wir mit den Kindern unsere Gartenkisten, die wir auf einem Vorplatz aufgestellt haben, dann sassen wir gemütlich im Schatten zusammen.
Nachbarn sind beste Freunde, zu denen man nicht «Freunde» sagen muss. Doch sie sind, was Freunde sein sollten: Sie sind einfach da. Als ich Ulrike vom unteren Stock unlängst im Treppenhaus einen Kummer anvertraute und mich sogleich entschuldigte, sie damit zu belasten, meinte sie nur: Nein, das sei doch okay. ««Thanks for sharing›, würden Amerikaner in diesem Fall sagen», lachte sie. Und ich glaube, genau darum geht es: ums Teilen. Ums Teilen von guten und schwierigen Momenten. Oder auch mal nur ums Teilen von Backzutaten.
Gegen Abend kommt Finn mit einem Teller und lässt uns von seinen Zitronenguetsli naschen. Fein sind die! Fast wie selber gemacht.

«Hotel Kornfeld» oder so

Auf «Schacher Sepp» folgt die Sugarhill Gang, der strube Falco singt kurz nach der netten Francine, «Ein Bett im Kornfeld» erklingt unmittelbar nach «Hotel California» ... Ich bin nächtens unterwegs irgendwo im Land, vorbei an kantigen Neubausiedlungen, «Landi»-Silos und Hofstatten voller Apfelbäume. Und ich höre den «Nachtexpress». Ein Herr Borer ruft aus dem Tessin an, wo es gerade gewittert, und wünscht knallharten Rock von Rammstein; eine Christina aus dem Thurgau, wo es noch um Mitternacht zum Schwitzen heiss ist, möchte «In the Summertime» von Mungo Jerry hören. Die Schweiz der Gegensätze zusammenbringen, das kann nur der «Nachtexpress». Ja, das Radio-Wunschkonzert gibts noch, freitag- und samstagnachts. Eine Institution, wunderbar altmodisch. Denn längst gibts Spartensender, an denen stets nur neueste Hits erklingen, nur Oldies, Ländler, Jazz. Und ich löge, gäbe ich nicht zu, dass auch ich zuweilen Webradios einstelle, die immerzu meinen schwermütigen Country spielen. Jede Musik ist jederzeit verfügbar – wie konnte da der «Nachtexpress» überleben? Weil er uns zusammenbringt: Nicht nur Lisbeth im Tösstal bekommt ihr Wunschlied, auch ich darf oder muss es mir anhören, und Lisbeths Grüsse gehen ins ganze Land und darüber hinaus, denn der «Nachtexpress» wird auch in Australien gehört, dort freilich als Mittagexpress. Die Sendung ist fast so alt wie ich, und ich erinnere mich, wie ich als Dreiviertelwüchsiger des Nachts in einem Kellerverlies sass, das meine Redaktionsstube für ein Fussballheftli war, Auflage: siebenundachtzig Exemplare. Um Mitternacht ertönte die Hymne und dann nur noch Rauschen. Ausser am Freitag, da wurde weiter gesendet! Zunächst bis ein, später gar bis zwei Uhr in der Früh. Wie verwegen das war, wie kühn!

Kühne heisst heute einer der Moderatoren, aber er ist für uns alle «der Joschi», denn er ist uns mit seiner eleganten Lässigkeit vertraut. Wie der andere, der jüngere, mit seinem Schalk: «Chüpfers Adrian». Und Riccarda Trepp, die immer gut gelaunte – echt gut gelaunt, nicht aufgesetzt! – Frau aus Tamins? Unser aller Kumpel! Gefällt einem im «Nachtexpress» ein Lied nicht, wechselt man nicht gleich den Sender. Und vielleicht wäre das ja eine Anleitung fürs Land, jetzt, zum 1. August? Manche empfinden mitten in Basel Heimatgefühle, andere auf der Bresteneggalp. Egal. Es ginge einzig darum, die Andersartigkeit zu respektieren. Die Schweiz ist nur ein Gefäss, in dem ganz viele Haltungen und Herkünfte Platz finden. Wenn man sie denn lässt. Wir müssten begreifen, dass der Zusammenhalt sich aus der Unterschiedlichkeit nährt.

Für Freitag übrigens hätte ich noch einen Wunsch: «Gonna Get It Wrong» von Allison Moorer. Gefällt Ihnen vielleicht nicht, der Song. Aber mir!

«Saujoggel! Fotzelchäib!»

Ihr Gesicht kann ich nicht erkennen, ich sehe die Frau nur von hinten. Aber hinter ihr in der Schlange vor der Kasse stehend kann ich feststellen, dass ihr Blond ein bemühtes ist, ein falsches Blond, viel zu auffällig. Und ausserdem ist der Haaransatz weiss. «Wissen Sie, die brauch ich jetzt dann, diese Söcklein», höre ich sie zur Kassierin sagen, «weil in Australien ist es ja heiss, um diese Jahreszeit ...» Die Verkäuferin sagt: «Ja, also ... kaum heisser als hier ...», doch die falschblonde Kundin vor mir hört offenbar gar nicht richtig zu, sie sprudelt schon weiter: «Aber, wissen Sie, die Lizz, also: meine Schwiegertochter ...»
Die will etwas loswerden. Die Kassenfrau sagt: «Okay ...» und «Ach so!», hört sich an, was die Alte zu berichten hat. «... Endlich wieder mal die Enkel besuchen», schnappe ich auf, «hab sie vier Jahre nicht gesehen.»
Diese Einsamkeit. Man begegnet ihr oft. Ältere Menschen, die am Postschalter ihre Einzahlungen tätigen und dabei ihr halbes Leben erzählen, und wenn sie dann vom Schalter wegtippeln, reden sie einfach weiter, reden vor sich hin ins Leere. Und man ahnt, dass sie oft solche Selbstgespräche führen. Manche haben dafür einen Hund, heischen dessen Beifall: «Gäll, Schnauzli, jetz gömmer go pöschtele ...», aber das kümmert den Schnauzli nicht. Und wenn sie dann im Supermarkt Schlange stehen, fangen sie

Gespräche an, weil dies ihre einzig möglichen Gespräche sind.

Oder sie suchen, weil ja sonst den ganzen Tag niemand mit ihnen redet, im Tram Streit, wie neulich der ältere Mann im 14er, der absichtlich über die Sporttasche eines Jünglings stolperte. «Hee, Saujoggel!», maulte der Alte. Der Junge: «Wie mäined Sii?» – «Saujoggel! Fotzelchäib!» Und, Verbündete suchend, an die Umstehenden gerichtet: «Kän Astand meh, das junge Saupack!» Niemand antwortete. Nur beklemmend wars. Und betrüblich.

Heute wieder, im Sportartikelgeschäft. Die Verkäuferin ist geduldig mit der Frau, die bald nach Australien fliegt, die Kassenschlange wird lang und länger, und längst hat sich herausgestellt, dass der Sockenkauf ein Vorwand ist: Sie wollte es jemandem erzählen, die Alte, dass sie die Enkel wiedersieht, sie würde gern ihre Vorfreude teilen und hat offenbar niemanden, mit dem sie es tun kann. Sie tut einem leid, die einsame alte Frau, und man freut sich für sie, dass sie bald drunten bei ihren Lieben sein wird. Im australischen Winter. «Dort brauchen Sie keine leichten Sommersocken, im Gegenteil, es schneit sogar, in Australien», wollte ich ihr noch sagen, aber sie hätte mich in ein Gespräch verwickelt, und dafür hatte ich keine Zeit. Warum eigentlich nicht?

Verdammt schön

Lagerfeuerstimmung irgendwo in Kentucky. Eine laue Nacht, in den Herbstferien wars, kein Licht weit und breit, nur der bare Sternenhimmel und unser Feuer. Nicht «Campfire» nennen sie es in den weiten Ebenen jener Farmlands, sondern «Bonfire». Dicke Äste, Scheiter, halbe Strünke haben sie aufgetürmt, die Flammen lodern hoch, ums ganze Rund des Feuers sitzen Freunde, Verwandte, alle einander zugehörig, verschwägert, verbrüdert selbst dann, wenn man sich wie der zahnlose Bauer Robert und ich erst seit Stunden kennt. Gemeinschaftsgefühl zelebrieren, o ja, das können sie, die lieben Amerikaner. Herzerwärmend. Und sie brateln Marshmallows, diese klebrigen kleinen Dinger aus Schaumzucker, die – an einem Stecken übers Feuer gehalten – noch viel klebriger werden, klemmen die schon fast zerfliessende Masse dann zusammen mit einem Stück dunkler Schokolade zwischen zwei Grahambiskuits, fertig sind die «S'Mores». Und lecker sind sie, verdammt lecker.
Wobei, das Wort «verdammt» muss ich um alles in der Welt vermeiden, denn sie sind fromm, unsere Gastgeber, und, Himmelheiland!, es gibt eine ganze Anzahl Wörter, die ich in ihrer Anwesenheit besser nicht ausspreche. Aber singfreudig sind sie. Einer zückt eine Gitarre, schon erklingt Lied um Lied, den ganzen Kanon der amerikanischen Populärkultur von «Amazing Grace» bis «Country Roads» singen sie,

von uralten Hits wie «Last Kiss» bis zu jüngeren wie «When You Say Nothing at All» und jüngsten wie «All of Me», alles ist allen geläufig, als sängen sie aus einem grossen gemeinsamen Liederbuch.

Wunderschön wars, auch wir sangen mit. Dann forderten sie eine Niederländerin in der Runde auf, ein Lied aus ihrem Land zu singen, und sie trug «Brabant» vor, einen Heimwehsong. Schliesslich waren wir an der Reihe, aber ausser dem Refrain des «Guggisberglieds» und den ersten Zeilen von «Alperose» kam uns nichts in den Sinn... «Come on!», spöttelten sie. Verdammt, hatten wir denn wirklich kein Lied? Ich setzte zu «Scharlachrot» an: «Die isch ja filmriif, die Szene, i dere Fritignacht...», aber meine Tochter kam schon bei der zweiten Strophe nicht mehr mit. Sie alberte mit «Ha ke Ahning...» herum, dem Rap von Steff la Cheffe, am Ende aber war es der «Schwan», den wir beide auswendig kannten und vorsangen: «E Schwan so wiiss wi Schnee...», berndeutsch zunächst, und dann mussten wirs auch noch übersetzen: «A swan as white as snow...»

Ausgerechnet Gölä, über den ich mich so oft lustig gemacht hatte, er, ob dessen Ansichten sich mir die Haare sträuben, hat das Volkslied schlechthin der letzten Jahrzehnte geschaffen – das Lied, an das man sich erinnert, wenn man fern der Heimat zum Singen aufgefordert wird. Müsste ich ihm mal erzählen, dem Gölä.

Bilder einer Ausstellung

Wie die Schülerinnen und Schüler ihrem Lehrer an den Lippen hängen! In einem Kunstmuseum sind sie zu beobachten: eine Klasse, vertieft in die Werke eines italienischen Malers, mittendrin der Lehrer, der erklärt, weshalb die Motive, obzwar hundertfach variiert, sich so sehr ähneln: immer wieder dieselben Tongefässe, Krüge und Vasen, immer wieder der Blick aus demselben Fenster. Keine berückenden Landschaften, keine Wolkentürme, kein lieblicher Zypressenhorizont. Nichts Aussergewöhnliches. Nur immer der scheinbar zufällige Blick aus dem schmalen Fenster einer Stadtwohnung, der Blick auf Alltägliches.
Eine der Schülerinnen schüttelt den Kopf, das sei doch keine Kunst! Ein anderer fragt, ob man da nicht völlig gestört sein müsse, um immer und immer wieder dieselben Vasen festzuhalten. «Das ist doch krank!» Der Lehrer wiegelt ab. Die stete Wiederholung müsse nicht von Wahn zeugen, sagt er. Sie könnte doch, im Gegenteil, ein Ausdruck höchster Gelassenheit sein. Dass sich einer ein Künstlerleben lang an denselben Gegenständen abarbeite, sei ein Zeichen von Demut.
Die Schüler sind wir: Abschlussklasse Kernfach Zeichnen, 1984. Im Sommer vor zweiunddreissig Jahren wars, als Klasse und Lehrer gemeinsam Italien bereisten, Mosaike bewunderten, Kirchen und Ausgrabungsstätten besuchten. Doch diesmal ists ein

kalter Frühlingstag des Jahres 2016. Dieselbe Gruppe steht in einem Museum in Bologna. Nur sind wir inzwischen zweiunddreissig Jahre älter geworden. Haben Leben gelebt. Kinder bekommen. Die Welt bereist. Wenn freilich der Lehrer spricht, sind wir wieder die wissbegierigen jungen Menschen von damals, werden wir wieder zu Schülerinnen und Schülern. Er verwendet Ausdrücke wie «Einkehr», «innere Ruhe». Und spricht, wie er schon damals sprach: mit Hingabe.

Bemerkenswert, dass Lehrer und Klasse sich treu geblieben sind, nicht wahr? Dabei gab es an der Schule keine Kumpanei. Im Gegenteil. Man blieb bis zuletzt per Sie, er war streng, liess uns pingelig schraffieren und schattieren, bis das Resultat seiner Vorstellung entsprach. Er konnte uns aber auch begeistern, er hat viel mehr als nur Kunstverständnis geweckt. In mir zum Beispiel die Bereitschaft, den Fussball und seine Bedingungen zu hinterfragen. Schon zur WM 1978 gestaltete er aus Protest gegen das argentinische Regime das Plakat: «Fussball ja, Folter nein!» Später spielte er mir eine Kassette des Liedermachers Francesco Guccini vor, der zu einem meiner liebsten Sänger werden würde. Und, und, und …

Danke, Bernard! (Wir dürfen jetzt Du sagen.) Dass ein Lehrer zum Freund geworden ist – es ist etwas Besonderes.

Die Rückkehr des Muddy W.

«Darf ich die Lieblings-CD meiner Kinder, die sie rauf- und runterhören und die mich zur Weissglut bringt, zerkratzen und entsorgen?», hatte mich vor Jahren ein Herr Gmünder gefragt. «Dürfen Sie nicht», schrieb ich zurück. «Sie trieben die Kleinen nur in die Beschaffungskriminalität, denn sie würden die CD illegal herunterladen. Sie! So was können heute schon Dreijährige. Nein, die Lieblingsmusik der Kinder, ihre Hörspiele und Märchen-CDs – all dies gehört zu den Dingen, die man sich vorher hätte überlegen müssen; ehe man eine Familie gründete. Da müssen Sie jetzt durch. Und liessen unsere Eltern uns unseren Mist nicht auch pausenlos hören? In meinem Fall ‹Tri-, tra-, trallala, de Chasperli isch da!› und die Schnulze ‹Tornerò› von I Santo California. Marter für Elternohren.»
Er solle sich mal in meine Lage versetzen, gab ich dem enervierten Vater zu bedenken: «Tausende LPs und CDs hab ich rumstehen, wie gern würd ich mal wieder ‹Muddy Waters live at Newport› hören! Stattdessen bestimmen die Kinder, was erklingt… Im schlimmsten Fall: das ‹Hippigschpängschtli›. Und sind sie mal ausser Haus, kommt meine Musik auch nicht zum Zug, ich würde ja sonst ihr Klingeln nicht hören, wenn sie heimkommen.» Ich schloss: «Herr Gmünder! Sie müssen jetzt tapfer sein. Wer Kinder bekommt, gehört vorübergehend nicht mehr sich selbst. Aber,

gemach. Dieses ‹vorübergehend› dauert nur fünfzehn, sechzehn Jahre. Und sind die Kinder erst mal draussen, werden Sie heimlich wieder die CD hervorholen, die Sie immer so genervt hat, aus lauter Längizyti. Allein deshalb sollten Sie sie jetzt nicht zerkratzen. Herzlich, Ihr Bänz Friedli.»
Einige Jahre später weiss ich: Es kommt gut. Dank unserer Teenagerkinder hab ich wunderbare neue Musik entdeckt, den feinen Songwriter Ed Sheeran, den Rapper Macklemore ...
Und wenn man gelassen bleibt, geschieht gar eines Tages das Wunder: «Was ist denn das Geiles?», entfährt es unserem Sohn jüngst in einer Kleiderboutique ob des Sounds aus den Boxen. «Das», sage ich ruhig und lasse mir den Triumph nicht anhören, «das ist ‹Muddy Waters live at Newport›.»
«Muddy was?»
«Waters.»
Wenn man einen Jugendlichen nicht bedrängt, ist auch für ihn eines Tages die Zeit gekommen, die Urkraft des Blues zu entdecken. Kaum daheim, riss er «At Newport» aus dem Gestell. Seither läuft der alte Muddy pausenlos.
Unter uns, Herr Gmünder: Es könnte einem fast zu viel werden ...

Nicht so wichtig

«Welche Hautfarbe hat sie?» Meine Frage kam sekundenschnell, ehe ich überlegen konnte, und ich hätte mich gleich dafür ohrfeigen können. Aber rausgerutscht war sie. Unser Sohn, noch nicht dreijährig, hatte mir soeben erzählt, er habe eine neue Freundin gefunden, in der Kinderkrippe. Und um herauszufinden, um welches kleine Mädchen es sich handeln könnte, stellte ich halt die Frage – die so abwegig nicht war, denn die Grosseltern und Eltern all der Kinder an besagter Krippe in der Vorstadt stammten aus Ghana, Nigeria, Chile, Brasilien ... allen möglichen Ländern. Viele Kinder hatten eine dunkle Hautfarbe. Dennoch hätte ich mir auf die Zunge beissen können vor Gram, ausgerechnet dies gefragt zu haben: «Welche Hautfarbe hat sie?»

Umso frappanter die Antwort unseres kleinen Hans. Er knabberte an einem Rüebli, legte den Kopf ein wenig schräg, sagte dann: «Ähm ... Ich weiss es nicht. Weisst du, die mit der lustigen Frisur!» Und nun wusste ich: Es war Awurabena, das unglaublich herzige kleine Mädchen, dessen Haare stets, mit Bastelperlen durchsetzt, zu kunstvollen Zöpfchen geflochten waren. Ihre Hautfarbe war schwarz. Aber für meinen Sohn spielte das keine Rolle. Schön wäre es, wüchse eine Generation heran, für die die Hautfarbe keine Rolle mehr spielt, dachte ich mir an jenem Abend. Es war vor vierzehn Jahren.

Kurz darauf – wir kauften für seinen dritten Geburtstag ein und hatten einige seiner Gspänli zum Bräteln eingeladen –, ermahnte er mich im «Lilien-Markt» mit seiner drolligen Kleinkinderstimme, aber resolut: «Muesch de no Gflügelbratwürscht choufe!» Ich musste was?! Geflügelbratwürste kaufen. «Weil, weisst, der Abdurrhaman von der Krippe darf kein Söilifleisch essen, und die Ranika keine Kuh. ‹Weisch›, weil denen ihr Liebgott irgendwie ein bisschen anders ist als unserer, aber irgendwie doch derselbe.» So einfach war das. Wenn das bloss endlich alle begreifen würden: all diejenigen – Kirchgänger und Moscheebesucher in der Schweiz und anderswo –, die ihren Gott für den einzig wahren halten. Was die kleine Awurabena an dem Geburtstagsfest gegessen hat? Es ist nicht so wichtig.

Was mag aus ihr geworden sein? Und aus all den anderen Mädchen aus der Kinderkrippe «Teddybär»? Sie werden irgendwo im Grossraum Zürich verstreut sein. Ganz normale junge Frauen, hier aufgewachsen. Eine verkauft vielleicht Fleisch in Schwamendingen, eine besucht das Gymnasium in Oerlikon, eine berät Kunden in Stettbach, ich weiss es nicht. Ich weiss nur: Keine von ihnen trägt eine Burka, keine einzige.

What You're Proposing

Open Air auf dem Lande, das ganze Dorf ist auf den Beinen. Es ist, als wäre die Szenerie am See aus der Zeit gefallen, man wähnt sich in einer wohligen, ungefähren Vergangenheit. Dazu passen die Musiker, die aufspielen sollen: die alten Rumpelrocker von Status Quo. Sohn Hans und ich haben ein Billett zu viel; sein Götti, der unser Faible für Retro-Musik teilt, ist verhindert. Während der Anfahrt scherzten wir noch, wie wir das überzählige Ticket loswerden könnten. Ich bin gewöhnlich geneigt, solch eine Eintrittskarte zu verschenken. Hans schlug vor, sie für fünf Rappen abzugeben. «Und zwar genau fünf Rappen.» Hätte die fragliche Person keinen Fünfräppler dabei, würde sie das Nachsehen haben. Deren Gesicht wolle er dann sehen!

Doch wir werden überrumpelt. Drei junge Frauen, bereits angeheitert, hauen uns an. Eine von ihnen hat kein Billett. Ihre Freundin prescht vor: «Für wie viel gibst du es ihr?» Und hakt, noch ehe ich unseren vorbereiteten Gag von den fünf Rappen anbringen kann, keck nach: «Für füfzg Stutz?» Sogleich kommen mein Sohn und ich stumm überein, dass wir diesen Deal nicht ausschlagen sollten. 89 Franken betrug der Verkaufspreis. Sie will feilschen und hofft wohl, zuletzt bei günstigen 65 Franken zu landen. Ich aber sage: «Okay! Weil ihr es seid...» Für uns sinds immerhin Fr. 49.95 mehr als geplant.

Status Quo? Ich hielt die Briten, obzwar sie mit «Down Down», «What You're Proposing» und «In the Army Now» für einige Hitparadenknaller meiner Jugend sorgten, stets für einen Abklatsch amerikanischer Originale. Nie hätte ich geahnt, mit welchem Spielwitz und vor allem: welch englischer Selbstironie sie zu Werke gehen. Die wissen genau, dass ihre besten Songs nicht von ihnen, sondern von Chuck Berry, Ernie Maresca und John Fogerty stammen. Leadsänger Francis Rossi charmiert, kämpft kokett mit den Mücken und Motten, die das Scheinwerferlicht angelockt hat, und strahlt Zufriedenheit und Demut aus: Der hält sich für nichts Besonderes. Es wird ein rundum gelungener Abend, und fast bedaure ich, die munteren Kerle erst auf ihrer Abschiedstournee kennengelernt zu haben.

Die Moral von der Geschicht? Keine. Ausser, dass mein Sohn später mitbekommt, wie die junge Frau prahlt, sie sei sauggünstig zu ihrem Ticket gekommen: «... Und dieser Löu gibt es mir für fünfzig Stutz!» Dabei gab dieses Huhn mir fünfzig Stutz, wo ich es ihr doch für einen Fünfräppler überlassen hätte. Wirtschaftsleute sprächen wohl von einer Win-win-Situation.

Wiederhören mit einem Lied

Er war ein Held meiner Jugend, der französische Rocker Renaud Séchan. Als er «Morgane de toi» sang, war ich noch weit davon entfernt, eigene Kinder zu haben. Doch ich merkte dem Lied an, dass der Sänger, der sonst immer den «blouson de cuir» gab, den harten Kerl, sich hier für einmal weich zeigte, besorgt und, ja, ein bisschen eifersüchtig. Auf wen? Auf «diese kleinen Sandkastenmachos». Das Lied war an Renauds dreijährige Tochter Lolita gerichtet, und mit dem Refrain «Je suis morgane de toi» meinte er nichts anderes, als dass er vernarrt in die Kleine sei. Rührend und auch ein bisschen ironisch war das, weil es ja auf ziemlich alberne Weise selbst machohaft ist, wenn ein Vater auf die dreikäsehohen Spielkameraden seiner Tochter eifersüchtig ist.

Aber es war ein wunderbarer Song. «T'envole pas!», beschwörte er die Tochter darin: Sie möge nie davonfliegen. Fragen Sie mich nicht, weshalb «Morgane de toi» mir gerade jetzt wieder in die Hände fiel. Jüngere Musiker haben zu Renauds Ehren dessen Chansons interpretiert, ich höre «Morgane de toi» nach Jahrzehnten wieder, und das Lied geht noch immer ans Herz. «J'suis qu'un fantôme quand tu vas où j'suis pas», summe ich leise mit: Ich bin ein Schatten meiner selbst, wenn du ohne mich weggehst.

«T'envole pas!» – «Flieg nicht davon!», dreiunddreissig Jahre später. Doch, Moment mal – genau dies tun sie, die Kinder. Renaud wird es inzwischen selber gemerkt haben: Lolita Séchan schreibt Bücher und verfasst Szenarien für Comics, sie lebt längst ein eigenes Leben. Und im Grunde tun sie das vom ersten Tag an. Wir begleiten sie nur. «Die Schwingen ausbreiten und durchstarten», dies war am Sonntag das Thema der Konfirmation unseres Sohnes. Und die Tochter, die eben ihren letzten Schultag erlebte, will bald auf Reisen gehen. «Flieg!», möchte ich ihnen und allen anderen Jugendlichen zurufen, die ihre Schulzeit beenden. Und dann vielleicht kleinlaut anfügen: «… Aber bitte flieg nicht zu weit.» Weil ich mir sonst, wie Renaud, als «fantôme» vorkäme.

Falsch. Das Glück soll überwiegen und der leise Stolz auf diese selbstständigen jungen Menschen. Ich muss mich wohl eines anderen Songs behelfen. «From Here to Forever» von Kris Kristofferson, zum Beispiel. «And darlin' if we're not together there's one thing I want you to know», singt er darin, eins solle seine Tochter wissen, wenn sie fern voneinander seien: «I'll love you from here to forever and be there wherever you go.» Dass er sie bis ans Ende der Welt liebe und immer bei ihr sein werde.

Und wenn ich es mir recht überlege, lautet die richtige Übersetzung eben gerade nicht «bei dir sein», sondern: Ich werde da sein, wenn du mal zurückkehren möchtest, wenn du mich brauchst.

Sei du selbst!

Weshalb ich mich für Frauenfussball interessiere, wollte Renato wissen. – «Wie lange hast du Zeit?», war meine Antwort. Es gibt so viele Gründe. Fast alles, was am Fussballbusiness der Männer so abstossend geworden ist, die Fouls, das Simulieren, der Betrug, die Korruption, zwielichtige Geldgeber wie Gazprom und Qatar Airways, die irrwitzigen Transfersummen ... Fast all dies fehlt im Frauenfussball.

Aber eigentlich wollte ich von Milli Hernandez erzählen, einem achtjährigen Mädchen aus Omaha, Nebraska, das so talentiert ist, dass es mit Elfjährigen spielt. Anfang Monat qualifizierte Milli sich mit ihrem Mädchenteam, dem «Azzurri Cachorros Girls Club», für den Final eines Wochenendturniers. Als sie am Sonntag zu dem Final antreten wollten, wurde den Spielerinnen beschieden, sie seien disqualifiziert – weil Milli ein Knabe sei. Ihr Haar sei so kurz. Und: Sie spiele zu gut, könne daher unmöglich ein Mädchen sein. Millis Vater wies ihre Krankenversicherungskarte vor, auf der das Geschlecht vermerkt ist, F für female: weiblich. Aber aller Protest nützte nichts, es blieb beim Ausschluss. Ungeheuerlich.

Milli wurde über Nacht berühmt, musste vor Kameras erklären, warum sie ihre Haare nie im Leben wachsen lassen würde: «Ist unpraktisch.» Die beiden erfolgreichsten Fussballerinnen der Geschichte meldeten sich zu Wort. Mia Hamm, zweifache Weltmeisterin, lud Milli in ein Trainingslager ein und twitterte ihr den Rat: «Be you!» Abby Wambach, die mehr Länderspieltore erzielt hat als alle anderen Frauen und Männer, schrieb Milli öffentlich: «Lass es nie zu, dass irgendjemand dir sagt, du seist nicht perfekt, so wie du bist. Ich habe mit kurzem Haar Titel gewonnen.» Bleibt einzig zu hoffen, dass der kleinen Milli der Rummel nicht zu viel wird. Gottlob wird sie nie erfahren, dass auch ein Schreiber auf einem fernen Kontinent sich ihrer angenommen hat.

Frauenfussball? Da geht es um wichtigere Dinge als um Geld. «Sei du selbst!», riet Mia Hamm. Sie hat Politikwissenschaften studiert, ein Gespräch mit ihr ist interessanter als mit jedem männlichen Fussballstar des Planeten. Und manch eine Fussballerin ist zur Persönlichkeit gereift, weil sie wie Wambach lesbisch ist und schon als Teenager kämpfen musste, so sein zu dürfen, wie sie ist.

Zugegeben: Da ich als Bub für Juventus Turin schwärmte, hatte ich damit geliebäugelt, den Final der Champions League der Männer in Cardiff zu besuchen. Das günstigste Ticket kostete 1950 Euro. Ich hab stattdessen Karten für die EM-Endrunde der Frauen in Holland gekauft, beste Tribünenplätze. Kostenpunkt: 10 Euro.

Meine ururalte Mutter

Er werde mit seinem Sohn auch nach Holland fahren, schrieb ein Leser mir, nachdem ich hier verraten hatte, ich würde die Fussball-EM der Frauen besuchen. Ich mailte dem Unbekannten, wie es sich gehört, freundlich zurück und schloss, ohne mir gross etwas dabei zu denken, mit dem Satz: «Vielleicht sieht man sich im Stadion.» Aber wie auch? An einem Ort mit vielen Tausend Zuschauern? Das hätte ja ein Riesenzufall sein müssen. Ich begebe mich also im Stadion «De Adelaarshorst» auf den Platz, den ich mir vor Monaten im Internet gesichert habe: Sektor 14, Reihe 5a, Sitz 4. Und neben mir, auf Schalensitz Nummer 5, sitzt – wie sich dann herausstellt – besagter Dani. Riesenzufall.

Wie ist so etwas möglich? Fragte ich mich. Wie ich mir überhaupt tagein, tagaus Fragen stelle. Zum Beispiel: Warum verbrüdern sich Nationalisten aller Nationen? Wo die doch alle nur die eigene Nation im Sinne haben? Ist das nicht ein Widerspruch? Wenn ein Schweizer Nationalist aus dem, sagen wir: Wallis nach Ostdeutschland reist, um sich dort mit Nationalisten aus Russland, Polen, Italien zu treffen? Und warum heisst der Busbahnhof nicht einfach Bushof? Wo dort doch keine Bahn fährt! Ein Hafen heisst ja auch nicht Schiffsbahnhof. Warum wir bei der Durchsage «Achtung vor Taschendieben!» zur Kontrolle stets verlässlich dorthin greifen, wo wir unsere Wertgegenstände aufbewahren, und damit den Taschendieben das Handwerk erleichtern, weil: Sie wissen dann ganz genau, wo unser Portemonnaie sitzt. Solche Dinge frage ich mich.

Warum ich in Tram und Bus eigentlich kaum je zum Fenster rausschaue, aber wehe, die Scheiben des Gefährts sind verklebt, von der Reklame für eine Versicherung, einen Autovermieter, ein Opernfestival – dann ärgere ich mich grün, dass mir der freie Blick verwehrt ist. Und ob es zu viel verlangt wäre von der Swisscom-Mitarbeiterin, kurz nachzudenken, ehe sie mir die Frage stellt: «Das Geburtsdatum Ihrer Mutter ist 1.1.1900, richtig?» Vor einigen Wochen wars, ich hatte angerufen, weil ich für meine Mutter das komplizierte Kleingedruckte eines Wohnungswechsels erledigen wollte. Behauptet diese Frau am Telefon also, meine Mutter sei am 1. Januar 1900 zur Welt gekommen.

Kleine Frage: Finden Sie es frech, dass ich besagter Call-Center-Mitarbeiterin zur Antwort gegeben habe: «Überlegen Sie mal!»? Stimmte das Datum, das der Computer offenbar als Leerstelle angab, wäre meine liebe Mutter einhundertsiebzehneinhalbjährig. Die älteste Schweizerin, Nina Hofer, starb 2015 kurz vor ihrem einhundertelften Geburtstag. Woran? Fragen Sie mich nicht.

Fragen Sie Julie Schmidt!

Julie Schmidt hiess die Frau. Besser: Als Julie Schmidt gab sie sich aus. Und sie schickte einem Freund von mir vorige Woche folgende Nachricht, wörtlich: *«Alt, jung, mir ist egal, was der Status jetzt ist. Das wichtigste, was Sie schlafen Wagen, ich kann mich puasin, fühlte ich mich glücklich. Machen Sie etwas jung, wenn Sie nicht machen können Frauen unzufrieden ... Kontaktieren Sie mich hier, um fuck ... Sie sind hier richtig.»* Das Ganze garniert mit einer Webadresse. Besagter Freund, muss man wissen, ist ein bekannter Schriftsteller. Er leitete mir das unzweideutige Angebot dieser Julie weiter und kommentierte: «So sollte man schreiben können!»

Ein solcher Scherz kann mir einen ganzen Tag versüssen. «So sollte man schreiben können!», schreibt das Kalb. Wie ich jetzt auf «das Kalb» komme? Vermutlich wegen Klaus Schädelin. Schrieb der nicht in «Mein Name ist Eugen» zuweilen: «... das Kalb»? Und wo wir letzte Woche bei den Fragen waren, die ich mir so stelle, wenn der Tag lang ist: Warum finde ich es beim Gewichtestemmen weniger anstrengend, wenn ich statt von eins bis fünfundzwanzig rückwärts von fünfundzwanzig bis eins zähle? Und warum fällt mir, wann immer am Fernsehen Leichtathletik gezeigt wird, Renaldo Nehemiah ein? Erinnern Sie sich?

Ich mich schon. Denn ich weiss noch genau, wo ich am 19. August 1981 war. Im alten Letzigrund-Stadion.

Ausflug des Turnvereins Wohlen bei Bern, ans Leichtathletikmeeting. Und dieser Nehemiah, der erste Mensch, der die 110 Meter Hürden unter 13 Sekunden gelaufen war, verbesserte an jenem Abend den Weltrekord auf 12,93. Der Kerl muss uralt sein, es ist sechsunddreissig Jahre her ... Falsch. Nehemiah ist lediglich achtundfünfzigjährig, und wenn man ihn so googelt: Ihm scheint es gut zu gehen. Obschon er ein Pechvogel war. Zweimal war er für die Olympischen Spiele hochfavorisiert, zweimal verpasste er sie. 1980, weil seine USA die Spiele in Moskau boykottierten. Vier Jahre später, in Los Angeles, brachte ihn der Werbevertrag mit einer Sportschuhfirma um den Amateurstatus und somit um die Teilnahme. Dafür wechselte er zum American Football und gewann mit den San Francisco 49ers das Spiel der Spiele, den Super Bowl.

Eigenartig ist, wie genau ich mich an Nehemiahs Zürcher Rekordlauf erinnere, ich weiss sogar noch, dass an einem seiner Schuhe die Bändel lose waren. Dabei sassen wir auf der Gegengeraden, ich kann es gar nicht mitbekommen haben. Am selben Abend lief Sebastian Coe übrigens Weltrekord über eine Meile. Das habe ich nun nachgelesen, ich hatte es komplett vergessen. Warum die Wahrnehmung des Menschen so selektiv ist?

Man müsste Julie Schmidt fragen können.

Typisch Bub, typisch Mädchen

«Säg mal, spinnsch?» Plötzlich gerieten unsere Kinder aneinander. Wo sie doch sonst meist friedliche Geschwister sind. «Nei, du spinnsch!» – «Nei, du!» Grund für ihren Disput war die Zeichentrickfigur Wickie aus «Wickie und die starken Männer», dieses kleine Wesen mit dem schulterlangen rötlichen Haar, äusserlich vielleicht zu scheu und allzu schmächtig, zumal unter Wikingern – dafür aber schlauer als Freund und Feind und mit seinen genialen Einfällen all den erwachsenen Raufbolden rund um Vater Halvar von Flake, den Häuptling, hoch überlegen. Eigentlich sind Sohn und Tochter für solchen Kinderkram ja längst zu alt, doch irgendwann im Sommer kam das Gespräch plötzlich auf Wickie, und die beiden waren uneins …

Was macht eigentlich einen Jungen, ein Mädchen aus? Sie war im Fussballclub, er las lieber. Dafür trug er seine Haare so lang, dass er mal nepalische Grenzbeamte in hellen Aufruhr versetzte, weil er angab, ein Junge zu sein. Und als sie dann festgestellt hatten, dass er wirklich einer war, kamen sie aus dem Kichern nicht mehr heraus. Nie vergesse ich den Tag, da er in einem «Benetton»-Laden im südlichsten Italien, kaum zweijährig, unter den Knabenkleidern einen pinkfarbenen Pullover erspähte. Den wollte er haben, unbedingt! Und am «Zeigitag», als es galt, ein Lieblingsspielzeug in den Kindsgi zu bringen, nahm er seine Puppe Monika mit. Es trug ihm Hohn und Spott ein.

Was ihn, der zahllose Jugendbücher verschlang, besonders ärgerte: dass darin alle Girls pfiffig und tapfer, die Jungs dagegen tollpatschig dargestellt werden. Gewiss, unsere Kinder waren nicht nur untypisch: Er, der Tüftler, brachte mit seinem Freund Aurel schon früh auseinandergeschraubte Radiogeräte zum Explodieren; sie lernte mit Freundinnen die Songs von Katy Perry auswendig. Wir versuchten halt einfach, zu Hause möglichst nicht vorzugeben, wie Jungen und Mädchen sich zu verhalten hätten. Das wurde ihnen von aussen schon genug eingehämmert.
Ihr Zwist, diesen Sommer, drehte sich übrigens darum, ob Wickie ein Junge oder ein Mädchen sei. «Nein, schau!», war Tochter Anna Luna sich sicher, «es wird ja Wickie mit -ie geschrieben, also weiblich.» Solange sie denken kann, war Wickie für sie ein Mädchen. Sie ist jetzt neunzehnjährig. Ebenso überzeugt war ihr Bruder zeit seiner Kinderjahre, Wickie sei ein Bub. Wer von beiden recht hatte? Spielt es eine Rolle? Hand aufs Herz, sehen Sie Wickie als Junge oder als Mädchen? Und möchten Sie sich diese Meinung nehmen lassen?

Stucki Christian fährt Zug

Nicht schon wieder, denk ich, bitte nicht schon wieder! Ein Störenfried lärmt durch den Bahnwaggon, lallt ein ums andere Mal: «Dänn verlangeds na Gäld fürs Altpapier!», weil ihm offenbar eine herumliegende Zeitung missfällt. «... verlangeds na Gäld für dee Säich ...» Man kennt diese Figuren: Kritisieren und predigen und kommentieren auf öffentlichen Plätzen wild drauflos, noch lieber in öffentlichen Verkehrsmitteln, denn da ist für die genötigte Zuhörerschaft kein Entkommen, also hat der Störenfried, was er will: Auf-merk-sam-keit! In den Wagen der Tramlinie, an der ich wohne, fährt oft ein Bärtiger Runden, von einer Endhaltestelle zur anderen und wieder zurück, meist ein Büchsenbier im Anschlag und auch winters stets barfuss in Schlarpen, und ruft seinem Clochard-Look zum Hohn mit gurgelnder Stimme gegen «das Gesindel, das Pack, die Dreckmuslime» aus, «die linken Sauhunde», und der Blocher werde jetzt dann schon aufräumen, jawoll!
Bitte nicht schon wieder!, denk ich also, als im Interregio Richtung Flughafen einer zu lallen anhebt. «Sunnigs Tägli, tralla-laa! Ja, gäll: Das Wandern ist des Müllers Lust ... Aber dänn verlangeds na Gäld fürs Altpapier.» Kopfschütteln, Tuscheln reihum. Ein älteres Ehepaar neben mir ist halb belustigt, halb peinlich berührt. Sie flüstert: «Ob der wohl ein Billett hat?» Er brummelt: «Bestimmt nicht. Aber einen Knall hat er.»

Einer ruft: «Ruhe!», doch der Störenfried stört weiter. «Ja-haa, die Ruhe ist des Müllers Lust, tralla-laa ...» Da! Der Kondukteur. Wird er ihn aus dem Zug werfen? Nein, offenbar präsentiert der fröhliche Störer einen gültigen Fahrausweis, und als der Zugbegleiter schon weiter will, versucht er ihn zurückzuhalten: «Sii, Sii! Han no e Frag ...» Vorige Woche wars, Christian Stucki hatte am Vortag das Bernisch-Kantonale gewonnen, die Zeitung mit seinem Bild lag auf dem Nebensitz unseres reisenden Alleinunterhalters, und der spielte auf Stuckis Grösse und Leibesfülle an. «Sii! De Schwingerstucki, wie vil Sitzplätz muen dee zahle, wänn er do ie chunnt?» Der Kondi ist schon halb zur Tür raus, der wird den Laferi wohl lafern lassen ... «Säged Sii! Wie vil Sitzplätz muen dee ...» Da dreht der Kondi sich um und sagt gelassen: «Mit oder ohni Muni?»

Schallendes Gelächter im ganzen Waggon, der lallende Störenfried ist baff. Er wurde nicht ignoriert, hat auch keine Zurechtweisung bekommen. Alle sind erleichtert, der Kontrolleur hat die ganze Beklemmung, die zuvor im Gefährt herrschte, mit seinem Schalk weggezaubert. Ich möchte ihm danken dafür. Aber so etwas getraut man sich ja dann doch nie ...

Erste Schritte

Vitus hat «Bänz» gesagt. Eben erst, dünkt mich, lernte er laufen. Manchmal sehe ich ihn von meinem Fenster aus wacker, aber unsicher durch die Siedlung wackeln. Und neulich kommt er mir an einem wunderschönen Herbsttag im gilbgelben Licht entgegen, der herzige kleine Nachbarsbub, besser gesagt: Er wird mir im Buggy die Anhöhe hinauf entgegengestossen, und er thront darin wie ein glücklicher kleiner Prinz, wonnig und pausbackig, blinzelt in die Sonne... Ich sage: «Vitus! Wie gehts dir denn?» und erwarte keine Antwort, jedenfalls keine verständliche, der Kleine kann meines Wissens noch nicht reden. Er aber strahlt mich an und sagt: «Bänz!» Hört sich zwar etwa an wie «Bämmtsch», doch es ist eindeutig: Er hat meinen Namen gesagt.

Für Augenblicke bin ich an den Tag erinnert, da unsere Tochter – die kleine Ewigkeit von siebzehneinhalb Jahren ist es her – an einem Morgen zum ersten Mal «Mueti» sagte. Nur wenn ich ganz, ganz ehrlich wäre, gäbe ich zu, dass ich auch ein bisschen eifersüchtig war. Bis sie, noch am selben Tag, «Vati» zu mir sagte. All die Erstmaligkeiten! Das erste Breili, die ersten Schritte, das erste Mal ohne Windeln auf dem WC... Heute schmunzelt man darüber, als welch weltbewegendes Ereignis man dies damals feierte. Unserer beider Kinder erstes Wort war «heiss», anfänglich nur als gelispeltes «...sssss» zu vernehmen, allmählich dann deutlich: «...'eisss». Vermutlich war dies ja nicht das erste Wort, das sie artikulieren wollten, sondern lediglich das erste, das wir verstanden. Fürs muntere, aber unverständliche Gebrabbel von Babys hielt unsere irische Nachbarin einen wunderbaren Ausdruck bereit: «Talking to the angels», nannte sie es, mit Engeln reden.

Heiss! Offenbar wiederholen die Kinder damit unsere Warnung, dem Gasherd nicht zu nahe zu kommen, die Warnung vor heissen Speisen, heissem Wasser. Und was es zu bedeuten hat, wenn das erste Wort ein zurückhaltendes, ja ängstliches ist, bliebe zu ergründen. Jedenfalls ist das kleine Mädchen, das einst bei jeder Gelegenheit respektvoll «...'eiss!» sssssäuselte, zu einer wagemutigen jungen Frau herangewachsen, und das kleine Kerlchen von einst fräst auf seinem Skateboard mit weiss-nicht-wievielen Stundenkilometern Passstrassen hinunter.

Vitus hat «Bänz» gesagt. Es hat mich gerührt und für Momente in die Vergangenheit zurückversetzt. Aber nur für Momente. Denn es ist cool, grosse Kinder zu haben, die schon fast keine mehr sind und deren Erstmaligkeiten in «erste durchzechte Nacht» und vielen anderen Dingen bestehen, die nicht in ein Buch gehören.

My Generation

Wenn ich ehrlich bin, ärgern mich nicht nur Jünglinge, die das Wertvollste geringschätzen, das es in diesem Land gibt: den Gemeinsinn. Jünglinge, denen die Solidarität zwischen den Generationen, Geschlechtern und verschiedenen Gegenden nichts mehr bedeutet. Nein, auch an Senioren kann ich mich schlecht gewöhnen, die meinen, allein ihr Alter berechtige sie, in einer Warteschlange vorzudrängeln. Diese Selbstgerechten mit dem bösen Blick ...
Okay, ich war auch mal jung. Sah ich damals ältere Leute, dachte ich zuweilen: «So alt will ich nie werden.» Vielleicht ein Privileg der Jugend: dass man sich das eigene Altern nicht vorstellen kann. Als kleiner Bub, ich weiss es noch genau, rechnete ich mir aus, wie alt ich im Jahr 2000 sein würde: fünfunddreissigjährig – uralt! «I hope I die before I get old», sang Pete Townshend von The Who in meinem Geburtsjahr, 1965, im Song «My Generation»: Hoffentlich sterbe ich, bevor ich alt werde. Aber: Man wird älter, hat die einen oder anderen Bresten, ärgert sich dann und wann über jüngere Menschen ... Und schleichend ändert sich der Gedanke «So alt will ich nie werden» in «So will ich nie alt werden». Sprich: Man hat akzeptiert, dass man selber nicht mehr der Jüngste ist, sieht darin gar manchen Vorteil. Und hofft doch, niemals so verbittert und griesgrämig dreinzuschauen wie manch Älterer in der Warteschlange.

Auch Pete Townshend, Gitarrist der Who und Schöpfer von «My Generation», hat sich schon korrigiert. «I hope I get old before I die», sang er später einmal – hoffentlich werde ich alt, bevor ich sterbe. Immerhin wird er bald dreiundsiebzig. «Und doch hoffe ich immer noch, dass ich sterbe, bevor ich ‹alt› werde», sagte er unlängst, «dass ich sterbe, ehe ich mich nicht mehr glücklich, gesund und erfüllt fühle. Aber ich weiss, dass dem nicht so sein wird. Dass ich womöglich krank und schwach werde und in einem Altersheim vor mich hin vegetiere.»

Wobei Altersheim ja noch kein Grund zur Traurigkeit ist! «Young at heart» – im Herzen jung –, so hiess der hinreissende Film über ein singendes Altersheim in Massachusetts: Er zeigte, wie Frauen und Männer zwischen 75 und 93 Jahren Songs aus dem Soul-, Punk- und Grunge-Repertoire darboten, von James Brown bis Nirvana. Ich hatte sogar das Glück, diese rockenden Seniorinnen und Senioren mal live zu erleben, Höhepunkt: der Greis, der «I Can't Get No Satisfaction» sang, zwinkernd, aber voller Hingabe. Und man schlenderte von dem Openair-Konzert heim mit dem einen Gedanken: Oh, yeah! So will ich alt werden.

Brief an die Enkelin

Liebe Enkelin, ich stelle mir vor, dass du Lina heissen wirst oder Frances oder Karla, mit K. Aber bestimmt wird es ganz anders. Und vielleicht bist du ja ein Enkel namens Eugen. Jedenfalls wünsche ich mir, dass ich dich kennenlernen darf.
Ehrlich gesagt, wünsche ich mir nichts mehr als das. Aber deine Eltern müssen wissen, wann und wie die Zeit reif und die Situation richtig ist, damit du zur Welt kommen kannst. Und wer weiss, ob ich dann noch lebe? Mein Vater hat seine Enkel nicht kennengelernt, sie demnach auch ihn nicht. Er bedeutet für sie ein vergilbtes Schwarz-Weiss-Foto, dazu vielleicht ein paar Sprüche, die ich von ihm übernommen habe, mehr nicht. Das ist sehr schade.
Und wenn ich dich denn kennenlernen dürfte – ich könnte dir nicht viel sagen über das Leben. Weil jeder neue Mensch sein eigenes Leben leben, seinen Weg finden muss. Ich weiss nur, dass du es gut machen wirst, ganz bestimmt besser als ich. Erziehung, hat der italienische Rapper Jovanotti einmal zu mir gesagt, werde überschätzt. «Man muss sie nicht erziehen, nur gern haben. Ganz fest gern haben», sagte er. Ich weiss, dass er es mit seiner Tochter Teresa genau so gehalten hat und dass es gut herausgekommen ist. Und ich hoffe, dass es auch mir mit meinen Kindern gelungen ist. Das meiste, was mir heute wichtig ist, habe ich von ihnen gelernt: Neugierde, Offenheit und das Jung-

bleiben im Kopf. Kindlich bleiben, nicht kindisch, aber kindlich, will heissen: begeisterungsfähig, unerschrocken, übermütig und lebensfroh. Lachen ist wichtig. Achten auf das Unscheinbare. Diskutieren. Streiten.

Auch das habe ich erst von ihnen gelernt: Streiten – und Vergeben.

Wichtig ist – aber das wirst du nicht von mir lernen, das können wir dir höchstens vorleben, wir, deine Vorgeborenen –, Respekt zu haben vor der Natur und den Menschen, allen Menschen, die ihn verdient haben. Das müssen keine «grossen» Menschen sein, im Gegenteil: Respektlosigkeit am richtigen Ort ist genauso wichtig, gerade auch gegenüber solchen, die zwar vielleicht einen hohen Titel tragen, einen wichtigen Rang bekleiden, deine Ehrfurcht aber nicht verdienen.

Und schon gar nicht deine Furcht.

Lass dir nichts vorgeben, keine Rolle, keinen Beruf, keinen Weg. Werde hellhörig, wenn man dir sagt, dass etwas «typisch Bub» oder «typisch Mädchen» sei. Finde stattdessen heraus, was dir Freude bereitet, was dich erfüllt und glücklich macht – und in was du besonders gut bist. Versuche, die Welt als einen besseren Platz zu verlassen, als du sie vorgefunden hast. (Aber das ist schon wieder etwas, was ich von meinem Sohn, dem Pfadfinder, gelernt habe und nicht er von mir.)

Er wird dein Vater sein. Vielleicht wird auch seine Schwester deine Mutter sein. Ich wünsche mir jedenfalls ganz fest, dass es dich dereinst gibt – und ich freue mich darauf, dass du mich an der Hand nimmst und mir die Welt zeigst. In Liebe und Zuversicht, *dein Grossvater*

Sie mochte Tulpen

Jetzt, da die Tage kurz sind, fällt sie mir öfter ein: die alte Frau, die ich dank meiner Zeitungskolumne kennengelernt hatte. Viele Jahre lang schrieb sie mir in zunehmend zittriger Handschrift, und ich schrieb zurück. Dreihundertsiebzehnmal hätte ich ihr geschrieben, meinte sie bei einer unserer letzten Begegnungen. Sie tauchte auf, wann immer ich irgendwo zwischen Täuffelen und Schönenwerd eine Vorstellung gab, und liess es sich hinterher nicht nehmen, mich in ihrem klapprigen Toyota zum Bahnhof zu chauffieren. Wobei sie nie in den fünften Gang schaltete; vor dem graute ihr, seit sie mal statt des fünften den Rückwärtsgang erwischt hatte. Mit röhrendem Motor fuhr sie mich zum nächsten, lieber noch zum übernächsten Bahnhof. So blieb länger Zeit zum Plaudern.

Immer wieder schickte sie mir Couverts voller Zeitungsausschnitte, von denen sie dachte, sie könnten mich interessieren. Und lag fast immer richtig. Erwähnte ich mal beiläufig die Skirennfahrerin «Maite» Nadig und deren Triumph in Sapporo, lag garantiert zwei Tage später die originale Titelseite einer Zeitung von 1972 im Briefkasten. Weiss der Himmel, wo sie die aufbewahrt hatte … Von den vielen, über deren Post ich mich stets freue, war sie die eifrigste, und mich dünkte, ihre Briefe würden desto häufiger, je schwerer ihr das Schreiben offenbar fiel. Sie besass weder Handy noch Computer und ärgerte sich, als ihr das alte schwarze Wandtelefon im Flur mit dem spiralförmigen Kabel abgestellt wurde – sie muss dort stundenlang gestanden und telefoniert haben.

Anfang Jahr schenkte sie mir ein Tulpen-Bild ihres Lieblingsmalers, sie hatte es eigens anfertigen lassen, weil sie die Tulpen genauso mochte wie ich. Meinen Einwand, ich hätte doch noch gar nicht Geburtstag, überging sie. Stattdessen fuhr sie mich in jener Nacht statt an den Bahnhof kreuz und quer über den Bucheggberg, und fast hätte ich danach meinen letzten Zug verpasst, denn sie wollte mir unbedingt zeigen, wo sie damals ihrem Hans zum ersten Mal begegnet sei und wo sie sich vor über sechzig Jahren zum ersten Mal geküsst hätten. Ihn, die Liebe ihres Lebens, vermisste sie jeden Tag. Man sah nicht viel, im Dunkeln, und konnte dafür umso mehr erahnen.

Was ich nicht ahnte: dass es ein Abschied war. Wenige Wochen später war Heidi, so hiess sie, tot. Sie starb nicht an irgendeinem Tag, sondern an ihrem siebenundfünfzigsten Hochzeitstag.

Und als ihre Urne zu der seinen ins Grab gelegt und mit Pfingstrosenblättern zugedeckt wurde, wusste ich, dass alles gut war. Heidi hatte heimkehren wollen zu ihrem geliebten Mann, und sie ergriff dazu die erstbeste Lungenentzündung. Ich darf das schreiben, sie würde schmunzeln darob, auch wenn sie laut gedroht hätte: «I schloh di ab, we d' das i d Zytig tuesch!» Sie konnte ein sturmes Huhn sein. Doch sie wird mir noch oft fehlen, wenn die Nächte länger werden.

Bessere Zeiten

«Ladde-bii, ladde-bi-ii...», singt der Barpianist, «ladde-bii, ou, ladde-bii...» Niemand scheint ihm zuzuhören, er zersingt den Song zur Unkenntlichkeit. Und während ich mich noch frage, wie man im Englischen einen solchen Akzent haben kann, merke ich, dass es sich bei seinem «Spikinn' worzov wisdoms, ladde-bii...» vermutlich um «Let It Be» handelt. Ist er Slowake, Bulgare, Ukrainer? Er hat den sprichwörtlich einsamsten Job der Welt. Halbe Nächte lang muss ein Barpianist sich Turtelnde ansehen, auf ihn wartet niemand.

Dass keiner applaudieren würde, hat der Pianist geahnt, er hängt dem Schlussakkord sogleich das nächste Stück an. Mit der Könnerschaft eines, der dies seit vielen Jahren tut. Und doch fahrig. Virtuos, aber klimpernd. Es ist dieser Sound, wie ihn nur Barpianisten draufhaben. Sie musizieren mit der Beiläufigkeit, mit der Piloten ins Mikrofon nuscheln: betont lässig, etwas lieblos, routiniert. Auf seinem Bechstein-Flügel, oben, wo sich die Notenablage befände, liegt ein zusätzliches E-Piano, dem er per Tastendruck kaugummige Geigen und kunststoffene Perkussion entlockt. Ist er sich der Absurdität bewusst, wenn er John Lennons Zeile «Imagine no possessions» just hier singt? Wir befinden uns in einer sehr noblen Hotellobby irgendwo in den Bergen. Er – Hemd, Gilet, locker gebundene Krawatte mit farblich unpassendem

Dackel-Motiv – ist nicht allein. Auf einem Barhocker neben dem Flügel, die Beine übereinandergeschlagen, sitzt sie mit rötlichbraun getöntem Haar im Abendkleid. Im Wechsel singen sie. «Song Sung Blue», «Stand by Me», «Country Roads», all die Klassiker. Und bei «Sorry Seems to Be the Hardest Word» gar im Duett. Hintergrundmusik.

Da, plötzlich! «Diamante», ein Canzone von Zucchero. Die Frau singt mit hörbar gesteigerter Leidenschaft. Das Lied handelt unmittelbar nach dem Zweiten Weltkrieg, «soldati e spose» ziehen darin vorbei, junge Brautpaare, und weil die aus der Armee entlassenen Bräutigame keine eleganten Kleider besassen ausser der Uniform, heirateten sie darin. In sachter, erst pastellener Hoffnung auf bessere Zeiten.

Nun bin ich echt ergriffen. Pianist und Sängerin werfen sich Blicke zu. Vielleicht sind sie nicht gemeinsam einsam, sondern ein Paar? Ich könnte sie fragen. Lieber aber stelle ich es mir vor: dass sie Ilja und Eliška heissen, bald eine eigene Bar in Bratislava eröffnen, Kinder bekommen. An manchen Abenden, umgeben von ihren Liebsten und engen Freunden, werden sie aufspielen. Es muss kein Flügel sein, ein altes Klavier tuts auch. Und alle werden in «Ladde-bii, ladde-bi-ii...» mit einstimmen. Ein Fest wird das sein!

Der Songschreiber, Sänger und Künstler
Büne Huber, 1962 in Bümpliz BE geboren,
lebt mit seiner Frau und seinen Kindern in Bern.
Der gelernte Metallbauschlosser und Sozialpädagoge
setzte 1990 alles auf die Karte Musik. Der Rest
ist Geschichte. Die «Schlachtplatte» von Patent
Ochsner war das erfolgreichste Debüt der Schweizer
Musikgeschichte, seither ist Hubers Band aus der
Schweizer Rockszene nicht wegzudenken. Seinen
Songs liegen oft Bilder zugrunde, die er zuvor
gemalt hat. Die Plakate und Plattencovers gestaltet
er selbst, und den Fortgang von Patent Ochsner
dokumentiert er laufend in einem äusserst originellen Online-«Logbuch». 2017 widmete das Landesmuseum in Zürich Hubers gestalterischem Schaffen
eine Ausstellung, dazu erschienen ein Katalog
und das Live-Album «Strange Fruits – Unique
Moments».

www.buenehuber.ch | *www.patentochsner.ch*

Der Autor und Kabarettist **Bänz Friedli,** 1965 in Bern geboren, lebt mit seiner Frau und den bald erwachsenen Kindern in Zürich. Lange Jahre war er als Journalist für Radio, Presse und TV in den Bereichen Sport und Populärkultur tätig, unter anderen für «Facts», «Rolling Stone», «Das Magazin», «La Repubblica». 2006 Kokurator der Ausstellung «Small number, big impact – Swiss immigration to the US» auf Ellis Island, New York. Seit 2003 hat er zahlreiche Bücher, CDs und DVDs veröffentlicht sowie an den Dokumentarfilmen «Herz im Emmental» und «Werner Aeschbacher bricht auf» mitgearbeitet. Er ist Radiosatiriker für SRF1, publiziert Essays und Reportagen zur Popmusik und wurde 2015 mit dem wichtigen Kleinkunstpreis «Salzburger Stier» ausgezeichnet.
2017 erschien sein erstes Kinderbuch «Machs wie Abby, Sascha!» (Baeschlin).

www.baenzfriedli.ch

Dank

Bedanken, und zwar von ganzem Herzen, möchte ich mich bei *Büne Huber* für sein bewegendes Vorwort und viele berührende Momente in all den Jahren | Bei *Hans «Schneebi» Schneeberger* für die Chance, den Grossmut und die Coolness | Bei *Franziska* und *Thomas Knapp* sowie *Monika Stampfli-Bucher* dafür, dass ihr der wunderbeste Verlag der Welt seid | Bei *Jörg Binz* für das wiederum grandiose Umschlagbild | Bei *Petra Meyer* fürs stets so genaue Lesen und das eine oder andere zugedrückte Auge | Bei *Hanspeter Eggenberger* für viele Songs und for simply being «the Scheff» | Bei *Kreimi* für die Nähe und Unkompliziertheit | Bei *Barbara Anderhub* für den Schub | Bei *Lisa Roth* für die Geduld und die Freude | Bei *Christof Gertsch, Ursina Haller, Mikael Krogerus, Benjamin Steffen* und «No. 1» für die Jugend und den Übermut | Bei *Manfred Papst* für alles, plus «Zugabe» | Bei *Irene G.* für die Inspiration | Bei *Renato Kaiser* und *Thomas C. Breuer* dafür, dass sie mich zum Lachen bringen | Bei *Deportivo La Habana Zürich* für die neunzehnte Saison, die schönste von allen | Bei *Peter und Pascal* für «Calcio Motherfuckers» | Bei meiner lieben *Mutter* | Bei *Hannes Hug* für das so selbstverständliche Miteinander | Beim *«Kreuz» Herzogenbuchsee* für ein neues Zuhause | Bei meiner geliebten Familie | Und bei *Ed Sheeran* für «Save Myself». *B. F.*

Yeah, I guess that's my church

Songs, die mich auf dem Weg zu diesem Buch begleitet haben: *«My Church»*, Maren Morris | *«Dress Blues»*, Jason Isbell & the 400 Unit | *«Don't Fall Apart on Me Tonight»*, Graziano Romani/Bob Dylan | *«Hands of Time»*, Margo Price | *«Komisch»*, Niedeckens BAP | *«Jesus in New Orleans»*, Over the Rhine | *«Don't Let the Kids Win»*, Julia Jacklin | *«It Ain't Over Yet»*, Rodney Crowell feat. Rosanne Cash | *«And I Try»*, Death By Chocolate | *«Easy Target»*, John Mellencamp | *«Orphan Girl»*, Holly Williams & Chris Coleman | *«Vater»*, Patent Ochsner | *«Éblouie par la nuit»*, Zaz | *«Tennessee Whiskey»*, Chris Stapleton | «Heartache Is an Uphill Climb», Tift Merritt | *«I've Got Dreams to Remember»*, Melissa Etheridge | *«Is It Too Much»*, Shelby Lynne & Allison Moorer | *«The Mother»*, Brandi Carlile | *«Hollywood»*, Lee Ann Womack | *«Texas Jesus»*, Robyn Ludwick | *«Kids In the Street»*, Justin Townes Earle | *«Wildflower Blues»*, Jolie Holland & Samantha Parton | *«Every Grain of Sand»*, Lizz Wright | *«Growing Up (Sloane's Song)»*, Macklemore feat. Ed Sheeran | *«Schatteboxe»*, Züri West | *«Sbagliato»*, Jovanotti | *«Broken Record»*, Amy Ray

Von Bänz Friedli im Knapp Verlag

«Und er fährt nie weg»,
Eisenbahngeschichten, 2. Auflage, 2016
Perlen-Reihe, 208 Seiten, ISBN 978-3-906311-01-2

«Ich staune immer wieder, wie selbstverständlich Bänz Friedli das tut:
Er stellt sich hin und erzählt. Sein Erzählen ist gradlinig und ohne
Schnörkel, seine Pointen sind nicht konstruiert, nicht er selbst macht sie,
sondern seine Erzählung, seine Pointen sind nicht einfach witzig,
sondern folgerichtig und deshalb nicht eitel – eben geradlinig.»
Aus dem Vorwort von Peter Bichsel

«Es gibt Tage, da sind alle Menschen blau und sprechen Chinesisch»,
die «Hausmann»-Kolumnen 2011–2015,
hagenbuch bei Knapp, 336 Seiten, ISBN 978-3-906311-04-3

«In seinen ‹Hausmann›-Kolumnen ist Bänz Friedli zum Ersten ein
engagierter Kopf, zum Zweiten ein brillanter Stilist und zum Dritten ein
gewiefter Entertainer. Seine autobiografische Langzeitstudie ist von
Liebe und Respekt geprägt. Was er schreibt, ist in der Wirklichkeit geerdet.
Und seine schönste Eigenschaft als Kolumnist ist die der Selbstironie.»
Aus dem Vorwort von Manfred Papst

Einige der Texte in diesem Buch waren zuvor unveröffentlicht,
die meisten erschienen zwischen 2015 und 2018 als Kolumnen im
«Migros-Magazin» oder in der «BLS gazette».

Layout, Konzept Bruno Castellani, Starrkirch-Wil
Satz Monika Stampfli-Bucher, Solothurn
Korrektorat Petra Meyer, Beromünster
Illustration Buchtitel Jörg Binz, Olten
Foto Bänz Friedli Pascal Mora, Zürich
Foto Büne Huber Tobias Sutter, Münchenstein
Druck CPI - Clausen & Bosse, Ulm

1. Auflage, April 2018
ISBN 978-3-906311-45-6

Alle Rechte liegen beim Autor und beim Verlag.
Kein Teil des Werks darf in irgendeiner Form ohne Genehmigung
der Herausgeber verwendet werden.

Gedruckt auf umweltfreundlichem FSC-Papier.

www.knapp-verlag.ch